AF138835

Single-Lady trifft Klammeraffen

Lustige Singlegeschichten

von

Marion Romana Glettner

Impressum

1.Auflage 2014

Herstellung und Verlag

BoD – Books on Demand/ Norderstedt

Titelbild: www.fotolia.com/ Autor: Artistan

ISBN: 978-3-7357-8550-3

Preis: 9,90 Euro

Ein herzliches Dankeschön an alle Damen, die mit ihren lustigen Singlegeschichten an meinem Buch mitgewirkt haben.

Mit freundlicher Unterstützung von

http://angelaklamke.integral-promotion.biz/

Das Vorspiel

Der Grund für dieses Buch ist mein Singlestatus. Was kann Frau erleben, wenn Sie auf Partnersuche ist?

Allgemeine Feststellungen, wie: Frauen und Männer passen nicht zusammen, dass Frauen nicht einparken und Männer nicht zuhören können, dass Frauen vorwiegend Bauch- und Männer vorwiegend Kopfmenschen seien oder, dass laut Statistik sich Mann und Frau über 100 Mal treffen muss, um den Richtigen zu finden, sind bekannt. Zahlreiche Bücher wurden zu diesen Themen geschrieben.

Was nutzt dieses Wissen in der Praxis? Mir hat es auf der Suche nach dem Richtigen nicht wesentlich geholfen. Ich war kurz vor der Frustrationsphase.

Beim zweiten Blick auf meine Suche nach dem Richtigen musste ich schmunzeln und das Erlebte erschien mir in einem ganz anderen Blickwinkel.
Unter diesem Gesichtspunkt wurden die folgenden Geschichten geschrieben.

Was tun wir nicht alles für unsere liebe Männerwelt. Wir arbeiten mit Botox und Bügeleisen, studieren Lafer, Lichter, Biolek(er) bis zur Reife eines Staatsexamens. Wir staffieren uns aus mit Lack und Leder, tragen Korsagen und Fingernägel, die uns bei der täglichen Arbeit behindern, ...

Und was erwarten wir?
Durchgestylte, vermögende, gebildete, unterhaltsame, liebevolle und aufmerksame Männer? Vielleicht ist das zu viel verlangt... aber muss man sich beim ersten Date gleich von seiner besten Seite zeigen?

Männer

Männer gibt es große, kleine
zu jeder Zeit, an jedem Ort.
Mancher ist nur kurz der Deine
Und so manchen schickst du fort.

Gott gab ihnen krumme Beine
und viele Haare ins Gesicht
doch wenn du einen magst,
dann stört das nicht.

Männer mögen schöne Frauen
mit viel Sex und auch Appeal
Doch wenn sie nur aufs Äußere schauen,
bringt das nicht viel.

Männer sind oft arme Wesen,
Die ohne Frauen hilflos sind.
Daran ist die Mutter schuldig,
die verwöhnt sie hat, als Kind.

Männer sind oft zu bedauern

Denn oft müssen sie lauern...

Ob ihr Verhalten „männlich" ist,

damit nicht eine Träne fließt.

Männer gibt es große, kleine...

zu jeder Zeit, an jedem Ort

Vielleicht kommt wirklich mal „der Eine"

Oder...du schickst alle fort.

von Heidrun Mußer

Die Weihnachtsgänse

Wieder geht ein Jahr zu Ende und Petra würde wahrscheinlich Weihnachten mit ihrer Tochter allein verbringen. Davor graute ihr. Da sie mit Anzeigen immer Pech hatte, wählte Petra eine andere Möglichkeit. So suchte sie über Zeitschriften nach einem Partner. Darin gab sie ihre Telefonnummer und Adresse an. Manche wollen ja nicht schreiben.

Es dauerte nicht lange, bis sie einen Anruf mit einem anderen Dialekt vernahm. Der Herr am anderen Ende der Strippe stellte sich als Eckehard vor und er hätte schon viele Enttäuschungen hinter sich. Genau wie Petra hätte er einen kleinen Hund und er würde in einem Lager als Staplerfahrer arbeiten.

Jeden Abend rief er bei Petra zu Hause an und fragte: „Na, mein kleines Schnuffelchen, wie geht`s Dir denn heute? Hast Du von mir geträumt?" Wie denn auch. Sie wusste ja nicht einmal, wie er aussah. Er schien zwar ein netter Mann zu sein, aber langsam gingen Petra die abendlichen Anrufe auf die Nerven. Immer das Gleiche! Ihr wurde es langsam zu viel.

Da Petra nicht gern Menschen verletzt oder auch selbst verletzt wird, entschloss sie sich zu einer Notlüge.

Sie schrieb Eckehard einen Brief. Darin teilte Petra ihm mit, dass sie auf dem Weihnachtsmarkt ihren Traumpartner gefunden hätte. Sie wünschte ihm alles Gute und er würde sicherlich auch bald eine passende Partnerin finden.

Als er am Abend wieder anrief, teilte sie ihm mit, dass sie ihm einen Brief geschrieben hätte. Daraufhin begann Eckehard mit weinerlicher Stimme. „Ist es vorbei mit unserer großen Liebe?" Petra verstand die Welt nicht mehr und legte den Hörer auf. Da er sich zwei Tage nicht gemeldet hatte, glaubte Petra, der Albtraum sei vorbei. Aber dem war nicht so.

Am dritten Tag klingelte abends wieder das Telefon. Als sie Eckehard`s Stimme erkannte, dachte Petra, dass er wieder weine. Er war allerdings sehr ruhig und sprach: „Es ist schade, dass aus unserer großen Liebe nichts geworden ist. Ich freue mich aber, dass Du mich für einen netten Mann hältst. Bleiben wir Kumpels?", fragte er. Daraufhin antwortete Petra:„Ja, aber übertreibe es nicht." Sie legte den Hörer auf und dachte, alles wäre ausgestanden.

Endlich war Wochenende und Petra wollte sich erholen. Zum Mittagessen kamen gerade zwei Freundinnen vorbei. Gerade saßen sie gemütlich am Tisch und genossen Gulasch und Klöße, als es plötzlich klingelte. Wer konnte das sein? Petra erwartete niemand, nahm den Hörer ab und fragte, wer unten sei. Da sie dies nicht richtig verstand, sagte sie nur kurz: "Warten sie. Ich komme runter." Gleich darauf schloss sie die Tür hinter sich und ging hinunter, um nachzusehen, wer dort war. Vor der Tür stand ein Mann mittleren Alters, mit Stirnglatze, abstehenden Ohren und vorstehenden Zähnen. Neben ihm stand ein kleiner Mischlingshund. Sie öffnete die Tür und fragte: "Wer sind Sie und was kann ich für Sie tun?" Darauf antwortete er: „Ich bin es, der Eckehard." Petra überlegte, „Eckehard, Eckehard?" Plötzlich dämmerte es ihr und sie fragte: „Wie kommst Du denn hierher?" Er antwortete: „Ich hatte Langeweile und dachte mir, besuchst Du mal die Petra." Sie war total platt und äußerte: „Es tut mir sehr leid, aber es passt mir im Moment gar nicht." „Das macht nichts", entgegnete Eckehard, drehte sich um und ging wieder Richtung Bahnhof. Das konnte doch alles nicht wahr sein.

Als Petra wieder am Mittagstisch saß, erzählte sie ihren Freundinnen, was gerade geschehen war. Sie konnten darüber nur schmunzeln. Petra hoffte nun, dass der Albtraum zu Ende war.

Zwei Tage später rief der wieder an. Bevor Petra etwas sagen konnte, erzählte er, dass er auch über einen Weihnachtsmarkt gegangen wäre. Sie dachte schon „Prima", vielleicht hat er eine Partnerin gefunden. Aber weit gefehlt. Er sagte, dass er für unser großes Glück zwei Euro in Lose investiert hätte. Mit den Losen hätte er zwei Weihnachtsgänse gewonnen. Ob sie Appetit hätte auf Gänsebraten mit Klößen. Petra war total von den Socken. Sie sagte: „Nimm die Gänse, fahr zu deinen Eltern und Frohe Weihnachten."

Einige Tage vergingen. Es war am zweiten Weihnachtsfeiertag, als es plötzlich klingelte. Petra zuckte innerlich schon zusammen. Ihre Freundinnen waren zu Besuch und scherzen: „Du, das ist bestimmt wieder dein Verehrer von vorigem Sonntag." Bei diesem Gedanken wurde Petra richtig mulmig im Magen. Also öffnete sie nur das Badezimmerfenster und schaute hinaus. Sie traute ihren Augen nicht.

Unten stand Eckehard. Er trug einen großen Korb. Darin befanden sich zwei gefiederte Weihnachtsgänse. Das konnte doch nicht wahr sein. Petra platzte bei diesem Anblick der Kragen und rief nur aus dem Fester: „Jetzt ist Schluss. Wir sind auch keine Kumpels mehr." Danach knallte sie das Fenster zu und hoffte, dass Eckehard ihre Worte auch verstanden hatte.

Die Lüge

Das neue Jahr hatte erst begonnen. Also gab ich eine Anzeige in der Tagespresse auf. Darauf bekam ich einige Briefe und sortierte danach aus. Einigen Männern schrieb ich kurz zurück und teilte meine Telefonnummer mit. Daraufhin klingelte oft das Telefon. Ein gewisser Uwe war sehr hartnäckig und wollte mich unbedingt treffen. Irgendwie waren mir die Anrufe zu stressig.

Heute war Valentinstag und er wollte mich unbedingt sehen. Da ich noch einkaufen musste, sagte ich zu. Wir verabredeten uns für den späten Nachmittag auf dem Parkplatz eines Einkaufzentrums. Er erzählte mir, dass er einen roten VW-Passat fahren würde und in einem Büro tätig sei.

Eine Stunde vor dem Treffen, schminkte ich mich und zog einen Hosenanzug an. Ein Blick in den Spiegel sagte mir „alles OK".

Pünktlich stand ich auf dem Parkplatz, als ich plötzlich eine SMS bekam. Uwe fragte darin an: „Bist Du schon da?" Ich ließ meinen Blick über den Parkplatz schweifen und suchte nach einem roten VW. Da ich keinen sah und Uwe von außerhalb kam, schrieb ich eine SMS zurück.

Darin stand, dass ich am vereinbarten Treffpunkt sei und warte. Ich hatte eben die SMS abgeschickt, als ein kleiner Mann hinter einer Werbetafel hervor trat und fragte: „Regina, bist Du es?"

Total überrascht sah ihn an und bestätigte ihm seine Frage.

Vor mir stand Uwe, kleiner als ich, kurze graue Haare und ein Dreitagebart. Die Schuhe hatten schon lange keine Farbe mehr gesehen. Die Hose war fleckig und hätte bestimmt allein stehen können wie sein großkariertes Hemd.

Ich fragte ihn, wo das rote Auto sei?. Er sagte mir, dass er mit einem kleinen grauen Auto gekommen wäre. Auf meine Frage, warum er mir von einem roten Auto erzählt habe antwortete er nur, dass er sich öfter mit Frauen verabredet hätte. Wenn sie ihn im grauen Auto haben kommen sehen, wären sie sofort wieder abgefahren.

Da ich anständig erzogen worden bin, hielt ich durch und trank mit ihm im Einkaufszentrum eine Tasse Kaffee. Dem anschließenden Gespräch konnte ich entnehmen, dass er keine Arbeit hatte. Er machte eine kurzfristige PC-Schulung. Sein Lehrer hätte sich gefreut, wie schön er die Tasten bedienen könne. Ich verabschiedete mich von ihm und ging einkaufen.

Kaum war ich zu Hause angekommen, da piepste mein Telefon und meldete eine SMS von Uwe. Auf dem Display stand: „Alles Gute und Du bist nicht mein Fall." Eine Frau lernt eben nie aus. Es beginnt beim Mann schon mit der Farbe des Autos.

Die Kontaktanzeige

Es ist jetzt aber schon sehr langer her, mindestens 7 Jahre. Damals war ich Single. Was Internetbekanntschaften betrifft, da war ich besonders mutig.

Zuerst habe ich mit einer Freundin zusammen eine ganz normale Kontaktanzeige im Internet aufgegeben. Darauf habe ich eine riesige Menge an E-Mails bekommen, die ich gar nicht alle beantworten konnte. Es war wirklich schwierig. Ich bin dann einfach nach dem Gefühl gegangen. Ich war gleich bei ersten Herren enttäuscht.

Mit ihm hatte ich mich zwei oder dreimal hin und her geschrieben, telefoniert und auch schon einmal getroffen. Das war ein Schock! Mein erster Gedanke war: *Nie wieder treffe ich mich mit einem Mann, von dem ich noch kein Bild gesehen hatte!*
Das mag oberflächlich sein, aber man hat ja so seine Vorstellungen.

Es war Sommer. Er hatte eine kurze Hose an, Halbschuhe und weiße Socken. Der Klassiker!
Sein Vollbart war wirklich sehr ungepflegt. Am liebsten wäre ich gleich wieder gegangen.

Dieser Mann war verheiratet und suchte eine Geliebte. Das war mir doch zu viel. Ich suchte eine feste Verbindung und schrieb es ihm auch. Wenn er mir das gleich gesagt hätte, dann hätte ich mir seinen Anblick ersparen können.
Da war also meine erste "Internetbekanntschaft". Kurze Hosen und weiße Socken. Ich kann hier versichern, das Internet ist so transparent, was auch immer darüber gesagt wird. Ich bin auch nicht mehr so mutig, was Kontaktanzeigen betrifft.

Die Lederhos` im HILTON

An einem Wochenende war ich mal ganz allein zu Hause. Ich habe mich irgendwie einsam gefühlt. Es war Frühling und niemand hatte für mich Zeit. Kein Mensch hat sich für mich interessiert. Keiner rief mich an.

Also bin ich auf eine Singleseite im Internet, um da ein wenig zu schreiben. Dort schrieb ich mich mit einem netten Mann aus Berlin geschrieben, der auch nichts besseres zu tun hatte. Er teilte mir mit, er wolle nach Dresden kommen, um mit mir gemeinsam essen zu gehen.

Ich dachte, gut, was sollte schon passieren? Dummerweise hatte er im Moment kein Bild im Profil und konnte mir angeblich auch keines schicken. Anschließend vereinbarte ich einen neutralen Ort und Treff in der Stadt mit ihm, weil ich natürlich nicht wollte, dass ihm meine Adresse bekannt werden würde. Damals wohnte ich auch ein wenig außerhalb von Dresden.
Also gut, der nette Herr kam also nach Dresden. Einfach so. Und zum Essen!

Mein Schock hielt sich fürs Erste in Grenzen, aber er war schon da! Der Herr war dicklich, was nun nicht unbedingt das Problem war, aber er hatte sich doch tatsächlich in eine Lederhose gequetscht.

Ich dachte darüber nach, wie er was essen könnte? Da passte doch nichts mehr rein. Im Gesicht trug er ein schmales Bärtchen. Das erinnerte mich an einen Film über Hitler. Ich dachte aber, sei konsequent, lass dich nicht von Äußerlichkeiten ablenken und iss mit ihm.

Wir sind also zum Essen gefahren. Der Hitler in der Lederhose und ich. Im Restaurant suchte ich eine Ecke zum Sitzen, damit wir nicht so sehr zusammen auffielen. Die Unterhaltung verlief eigentlich sehr nett. Nach einer halben Stunde habe ich ihm sogar geraten, den Bart bei der nächsten Rasur mit abzunehmen. Er wäre nicht zeitgemäß und durch die Rasur würde er jünger wirken.

Später überraschte er mich sehr. Der nette Herr hat doch tatsächlich im Hilton ein Doppelzimmer bestellt und wollte, dass ich dort mit ihm übernachten werde.

Das habe ich natürlich abgelehnt. Allein die Vorstellung, einen blassen Bauch und ein schmales Bärtchen über mir zu haben, schreckten mich total ab. So ein Traummann, dem ich sofort erlegen wäre, war er ja nun wirklich nicht. Die Möglichkeit bestand aber, dass ich im Hilton Hotel in einem Einzelzimmer übernachten konnte. Das hat er mir nach meinen Einwänden angeboten. Man könne doch zusammen wenigstens frühstücken, meinte er.

Ich habe überlegt und werde es wohl immer für mich behalten, ob ich mit der Lederhose im Hilton übernachtet habe oder auch nicht.

Das asiatische Essen

Gudrun hatte eine Tochter groß gezogen und suchte nun für ihre zweite Lebenshälfte wieder einen Partner. Mit Anzeigen hatte sie leider bisher kein Glück. Sie reagierte auf eine Singlesendung. Ein gewisser Olaf war am Telefon sehr witzig. Wie sie erfuhr, war er geschieden und bewohnte in einem Dorf ein Haus. Bei ihm lebte noch eine erwachsene Tochter.

Fast täglich rief er von unterwegs an und scherzte.

Gudrun gefiel das. Sie freute sich auf jeden Anruf. So ging es auch eine Zeitlang lang.

Eines Abends klingelte wieder das Telefon. Er sagte ihr: „Du, wir haben uns immer nett unterhalten. Ich will dich endlich treffen. Du wirst Dich vielleicht erschrecken, wenn du mich siehst! Aber - wir treffen uns am Ortseingang. Dort wartest du bitte so um 17 Uhr auf dem Parkplatz."

„Ok", sagte Gudrun. Allerdings hatte sie irgendwie ein mulmiges Gefühl.

Am gesagten Tag machte sie sich zurecht, schminkte sich und zog sich besonders schick an. Sie wollte einen guten Eindruck hinterlassen. Also fuhr sie auf den besprochenen Parkplatz. Da sie Zeit hatte, nahm sie ein Buch und las darin. Bald war es 17 Uhr und sie schaute sich öfter auf dem Parkplatz um. Sie suchte nach einem auswärtigen Autokennzeichen. Sie fand allerdings keines. So setzte sie sich wieder ins Auto, schlug ihr Buch auf und las weiter. Sie nahm es ihm nicht übel, dass er noch nicht da war. Immerhin kam er von außerhalb und konnte im Stau stehen.

Eine halbe Stunde später sah Gudrun einen blauen Sportwagen auf den Parkplatz einbiegen. Der Fahrer sah sich suchend um. Er parkte schräg hinter ihr. Olaf sah die

Frau mit einem Buch in der Hand. Das musste Gudrun sein. Er stieg aus und ging direkt auf sie zu.

Als Gudrun dies sah, klappte sie ihr Buch zu und stieg ebenfalls aus. Beide gingen aufeinander zu und gaben einander die Hand. So schlimm wie er im Scherz gesagt hatte, sah er gar nicht aus. Olaf war schlank, trug Jeans und Sakko an. Das Außergewöhnliche an ihm waren seine feuerroten Haare. Die fielen auf und sahen lustig aus.

Gleich neben dem Parkplatz befand sich ein asiatisches Restaurant. Da Gudrun gern asiatisch aß und sich auch im näheren Umfeld keine Gaststätte befand, schlug sie vor, dort hin zu gehen. Sie meinte es ja nur gut. Als beide die Stufen zum Restaurant betraten, sagte er plötzlich: „Hier riecht es stark nach Katze". Gudrun war total geschockt. Mit solch einem Benehmen hatte sie nicht gerechnet. So antwortete Gudrun nur gereizt: „Die Katzen gibt es hier zum Menü".

Darauf erwiderte er nichts. Sie gingen bis unter das Dach in das Restaurant. Es war leer und er fragte: „Na, auf welchen von den vielen Stühlen wollen wir uns setzen?" Sie sah ihn nur an. Beide setzten sich gleich rechts hinter die Tür an einen Vierertisch. Kurz darauf kam der Kellner mit der Speisekarte. Kaum war er am Tisch, da bekam er von Olaf zu hören: „Wir wollen nichts essen. Was haben sie zu trinken?" Es wurde langsam peinlich. Ohne ein Wort zu sagen, brachte der Ober eine andere Karte. Olaf bestellte für sich einen Kaffee und für Gudrun ein Mineralwasser. Als der Ober wieder ging, wartete Gudrun schon auf den nächsten Kommentar. Kurze Zeit später wurden die Getränke gereicht.

Olaf erzählte von seiner Exfrau. Sie hätten eine erwachsene Tochter gezeugt, die nur Spagetti kochen konnte. Nach dem, was Gudrun so hörte, konnte sie die Exfrau verstehen, dass sie ihn verlassen hatte.

So ganz nebenbei erzählte Olaf, dass er lieber in deutsche Gaststätten ging. Sie saßen knapp eine Stunde zusammen. Er bezahlte die Rechnung und sie gingen zurück zum Parkplatz. Dort gab er Gudrun einen Kuss auf die Wange.

Er hatte wohl gespürt, dass Gudrun im Restaurant auf Abstand gegangen war. Bevor er zu seinem Sportwagen ging, machte er noch negative Bemerkungen über Gudruns Auto.

Sie antwortete nur: „Es ist ein anständiges Auto. Mein Fahrzeug ist zwar schon älter, aber es ist bezahlt und zuverlässig". Ohne sich umzudrehen, stieg sie in ihr Auto, startete und fuhr nach Hause. Der lustige Olaf blieb auf dem Parkplatz in seinem blauen Sportwagen zurück. Es war nicht zu erkennen, ob er nachdachte oder sein Wagen sich nicht starten ließ.

Mamas Liebling und der Altersunterschied

Ich lernte einen netten Herrn kennen. Er war höflich und so um die 60 Jahre. Immer ging er mit seiner Mama Blumen kaufen, hat mit Mutti Kaffee getrunken und Mama hat gesagt und Mama hat gemacht.

Das war wirklich schon extrem. Aber, nun das Wichtigste, was mir auch wehtat. Ich musste täglich Absagen schreiben, wie in diesem Sinne: Sorry, meine Adoptionsanträge für diese Woche sind schon erfüllt. Sorry, habe schon drei Kinder und ein Enkelkind. Sorry, man darf…, sorry, man darf nur bis 40 adaptieren.

Es kam die traurige Antwort: „Aber, ich bin doch schon 40!" Darauf antwortete ich, dass ich mich meinte und schon zu alt für eine Adoption sei.

Da gab es auch noch andere Herren. Sie waren fast so alt wie mein Sohn und wollten nur eine Flasche Wein mit mir köpfen. Die sprachen von lauen Nächten.

Also, die letzten drei Monate haben mir viel M. beschert: Einfache F. sucht einfachen M.

Der Altersunterschied nahm überhand. Als bestehe die Welt nur aus Adoptierten und zu adoptierenden. Mitunter stand ein Jüngling mit einem schnittigen Sportwagen vor dem Haus. Das Erste, was er mir erklärte war, den Sportwagen als sein Eigentum auszugeben. Es wurde immer nichts.

Ich bin einfach zu wählerisch. Darum habe ich kein Glück. Alle können es erkennen, dass es kein Wunder ist, warum ich so allein dahin vegetiere. Ohne Adoption kein Mann.

Vergessen habe ich noch die „Spirituellen", die mich in ihr „Mutterhaus" einladen wollten. Das war mir aber unheimlich und das habe ich auch nicht gemacht. Die Sportlichen kamen für mich auch nicht in Frage. Es gab schon Stunden, da fühlte ich mich als Frührentnerin auf diesem Markt. Einer hat mich wirklich geärgert. Er hatte auch einen Sohn wie ich. Die Kinder waren im gleichen Alter. DA konnte es einen kleinen Austausch geben. Er sei Vater und ich Mama. Ich fragte ihn, ob ihm ein rein freundschaftlicher Mailkontakt genügen würde.

Daraufhin ist er doch richtig wütend geworden. Er meinte, er hätte schon so viele Gefühle in Frauen investiert und hätte von Frauen genug, die an ihren „Gören „klebten".

Eigentlich kann ich die Männer bis heute nicht verstehen. Ich fand auch diesen nur nett. Schließlich habe ich ihm doch keinen Heiratsantrag gemacht? Ich beschloss in einer stillen Stunde in Zukunft alles so zu sehen:

Männer wollen nur eines – dein Geld, deine E-Mailadresse und deine Telefonnummer.

Alles Dinge, die ich nicht gern hergebe.

Die Weltreise

Marina ist schon seit einiger Zeit geschieden und ihre Kinder fast erwachsen. Sie entschied für sich: „Nun will ICH leben". Aus diesem Grund suchte sie in Zeitungen nach ausgefallenen Anzeigen.

So fand sie die Annonce mit dem Titel „Wer reist mit mir um die Welt?" Marina überlegte nicht lange und schrieb sofort einen Brief. Dabei gab sie nicht ihre Adresse an, sondern nur die Telefonnummer. So wollte sie vermeiden, dass jemand erfährt, dass sie in einem kleinen Ort wohnt. Sie wollte raus in die Großstadt oder in die weite Welt, um etwas Außergewöhnliches zu erleben.

Es war ihr egal, ob er seriös war oder nicht. Es dauerte nicht lange, bis bei ihr das Telefon klingelte. Am anderen Ende meldete sich ein gewisser Gerhard. Er lud sie gleich für den nächsten Tag zu einem Kinobesuch in die Großstadt ein. Ohne zu zögern sagte sie zu.

Da Marina nicht viel Geld besaß, beschloss sie ein Stück mit dem Auto zu fahren und anschließend mit einem Billigticket der Bahn. Gesagt, getan.

Gleich nach dem Mittagessen fuhr sie los. Auf dem Bahnsteig wurde Marina von einem stattlichen Mann abgeholt. Er hatte zwar keine Blumen zur Begrüßung dabei, aber was soll es. Das Abenteuer ruft.

Sie machten sich nur kurz bekannt und gingen anschließend gemeinsam ins Kino, wo eine Erstaufführung auf dem Plan stand. Der Film hatte Überlänge und so wurde es sehr spät. Es war schon dunkel, als sie das Kino verließen. Nach dem Kinobesuch lud er sie noch in ein Lokal auf ein Glas Wein ein. Bei einem Glas war es allerdings nicht geblieben.

Nach einer Weile sah Marina auf die Uhr. Ein Schock! Der letzte Zug fuhr in einer halben Stunde. Gerhard verabschiedete sich und Marina lief zum Bahnhof. Den Zug schaffte sie noch. Sie hatte nicht mitbekommen, dass ihre Kinder versucht hatten, sie auf dem Handy zu erreichen. Im Morgengrauen war Marina endlich zu Hause. Die Kinder schliefen.

Am nächsten Tag rief Gerhard wieder an und lud sie am Sonntagvormittag zu einer Zugfahrt in eine schöne Waldgegend ein. Was soll`s! Ihre Kinder konnten sich ja zum Mittagessen eine Pizza warm machen. Da er sich ja wieder gemeldet hatte, machte sich Marina natürlich Hoffnungen.

Sie stellte ihr Auto am Bahnhof ab und stieg in das Abteil, in dem sie Gerhard gesichtet hatte. Für unterwegs hatte sie noch einen Picknickkorb gepackt und mitgenommen.

Hauptsache raus aus dem Alltagstrott. Die Zugfahrt dauerte etwa zwei Stunden. Danach stiegen sie in einer schönen Waldgegend aus. Marina war happy. Gemeinsam wanderten sie durch die Natur und kamen an eine gemütliche Waldgaststätte. Dort aßen sie zum Mittag einen deftigen Braten. Sicher hatte Gerhard noch mehrere Zuschriften auf seine Anzeige erhalten, aber Marina wollte nicht weiter darüber nachdenken. Schließlich war er ja mit IHR hier.

Dort blieben sie bis zum Nachmittag. Langsam machten sie sich auf den Rückweg und gingen wieder durch den Wald. Unterwegs suchten sie sich ein gemütliches Plätzchen, und aßen die belegten Brötchen, welche Marina mitgebracht hatte. Es begann gerade zu dämmern, als Gerhard plötzlich aus heiterem Himmel sagte: „Weißt Du, ich habe noch über siebzig Zuschriften erhalten. Ich möchte die anderen Frauen auch noch kennenlernen. Wie können uns aber trotzdem ab und zu mal treffen." Marina total enttäuscht. Irgendeine Nummer wollte sie nun auch nicht sein und die Welt hatte sie auch nicht gesehen.

Singlelady trifft auf „Klammeraffen"

Ja, ja, so ein Singleleben kann ja manchmal sehr lustig sein – aber man braucht auch eine große Portion an Mut, um seine Erfahrungen zu verarbeiten.

Es war an einem kalten Novembertag, als ich einen Anruf erhielt und sich ein Mann auf meine Kontaktanzeige meldete. Sehr höflich stellte er sich vor und erzählte mir aus seinem Leben. Er war aus meiner unmittelbaren Umgebung und es schien, als ob wir uns gut verstehen könnten.

Immer häufiger telefonierten wir miteinander und die Gespräche wurden immer vertrauter. Eines Tages erzählte er mir auch von seinem Kind, welches bei ihm lebte. Damit hatte ich kein Problem. Noch nicht! Bei späteren Telefonaten stellte sich heraus, dass er sechs

Kinder hatte. Bei jedem weiteren Telefonat erzählte er mir von einem weiteren Kind in seinem Haushalt. Langsam blockte ich ab. Er überhäufte mich mit Komplimenten und das ich doch seine Traumfrau sei, auf die er schon so lange gewartet habe. Er übte einen Druck auf mich aus und fing an zu klammern Er wollte mich unbedingt treffen. Bis er mir schließlich sogar einen Heiratsantrag machte und sich Weihnachten bei mir einladen wollte.

Ich gab ihn zu verstehen, dass dies ein Fest der Familie sei und ich dies nicht mag. Daraufhin reagierte er sehr merkwürdig. Ich bekam Post von ihm, obwohl ich ihm nie meine Adresse genannt hatte und im Telefonbuch stand ich auch nicht.

Seitenweise, mitunter bis zu fünfzehn Seiten, schrieb er. Ich bekam immer häufiger Post. Endlos viele Liebesschwüre und Versprechungen. Bis er eines Tages sogar vor meiner Haustür stand und klingelte. Ich öffnete nicht die Haustür. Das hielt ihn aber nicht davon ab, vor der Tür seine Liebesbekundungen öffentlich zu machen. Er schrie laut meinen Namen und Sätze wie: „Ich liebe dich! Du bist meine Traumfrau."

Das war dann eindeutig zu viel. Meinen Telefonstecker zog ich für eine längere Zeit aus der Steckdose. Wenn ich nicht gerade einen Brief bekam oder er vor der Tür stand, versuchte er ständig telefonisch Kontakt zu bekommen. Irgendwann gab er es auf. Ich konnte wieder mein normales Leben führen. Aber geprägt hat mich diese Erfahrung sehr. Ich werde es wohl nie erfahren, wie ich das bei ihm ausgelöst habe. Nur gut, dass ich heute darüber lachen kann – hatte doch alles so nett begonnen. Nicht immer muss das gut ausgehen, beginnt ein Mann nett und höflich über sein Leben zu plaudern.

Der Geizhals

Jutta freute sich, als sich ein netter Herr aus dem eigenen Ort meldete und sich mit ihr treffen wollte. Er war genau wie sie geschieden. Jutta erwähnte im Gespräch, dass sie kürzlich Geburtstag hatte. Daraufhin sagte der Herr Namens Johann: „Treffen wir uns morgen vor der Sparkasse am Markt - bring doch bitte etwas von deinem

Geburtstagskuchen mit. Ich esse gern Kuchen." Jutta hielt das für einen Scherz und sagte daraufhin zu.

Am nächsten Tag freute sich Jutta auf das Treffen und war sehr aufgeregt. Sie schminkte sich und putzte sich heraus, weil sie einen guten Eindruck machen wollte. Am Schluss packte sie noch zwei Stückchen von der leckeren Geburtstagstorte ein. Schließlich machte sich Jutta auf den Weg und war neugierig, wie Johann aussehen würde. Am Telefon klang er sehr nett und sagte, dass er Ingenieur wäre.

Zur gleichen Zeit trafen sie am ausgemachten Treffpunkt ein. Er machte einen netten Eindruck und unterbreitete Jutta den Vorschlag, in ein Cafe zu gehen. Gesagt, getan.

Er war groß, schlank und ansehnlich. Beide bestellten sich ein Kännchen Kaffee. Plötzlich stutzte Jutta, als Johann der Kellnerin mitteilte, dass er noch einen Kuchenteller mit Gabel möchte. Kuchen bestellte er allerdings nicht. Jutta dachte erschrocken, er werde doch nicht…, als die Kellnerin zurück kam und den Kaffee brachte. Obwohl die Kellnerin noch am Tisch stand und servierte, packte Johann die mitgebrachte Torte aus und tat sie auf dem Teller. Nicht nur die Kellnerin stutzte. Sie drehte sich ohne Kommentar um und ging. Jutta war total baff und schämte sich, da auch noch weitere Gäste das Geschehen registriert hatten.

Nebenbei erzählte er, dass er sehr sparsam sei und er verstehe nicht, dass seine Frau ihn verlassen habe. Ehrlich gesagt, konnte Jutta die Frau gut verstehen. Die Situation wurde richtig peinlich und so war sie froh, als der Kaffee ausgetrunken war. Sie stand auf und verabschiedete sich von Johann. Sie gab ihm die Hand und sagte nur: „Danke für den Kaffee. Sparsamkeit ist zwar gut, aber es gibt einen Unterschied zwischen Sparsamkeit und Geiz. Daraufhin verließ sie das Cafe und ging allein nach Hause. Sie war sehr erleichtert und dachte, wer weiß, wobei und worin Johann noch sparsam wäre.

Die Zugfahrt

Der Zug, in den ich erwartungsvoll eingestiegen war, ratterte im gleichmäßigen Takt über die Schienen. Das Raucherabteil war fast vollbesetzt. Nervös steckte ich mir eine Zigarette an, denn ich hatte an diesem Wochenende noch viel vor. Das erste Mal in meinem Leben, hatte ich einen Fototermin mit einer Illustrierten bekommen.

Es war ganz einfach gewesen. Die Illustrierte suchte Frauen, die als Mädchen nur bei der Mutter groß geworden sind. Ich schrieb an die Illustrierte, dass ich zu den Frauen gehörte, die ihren Vater erst als Erwachsene kennen gelernt hatten. Bald darauf wurde ich zu einem Fototermin mit meinem Vater nach Mainz gebeten. Eigentlich war ich sehr mit mir zufrieden. Andere Leute verreisten ständig und gaben so ihr Geld aus. Ich ließ mir die Fahrkarte von der Redaktion der Illustrierten bezahlen.

Trotzdem fühlte ich in meiner Magengegend ein anhaltendes nervöses Zucken. Mir gegenüber saß ein nicht weniger nervöser junger Mann. Als ich meine zweite Zigarette anzündete, informierte ihn der Schaffner mit erhobenem Zeigefinger darüber, dass er in den falschen

Zug eingestiegen wäre. Das Gesicht des jungen Mannes lief rot an.

„Wohin muss ich denn nun fahren?", stammelte er. Nachdem ihn der Schaffner darüber aufgeklärt hatte, dass er in den falschen Zug eingestiegen sei, blickte der junge Mann verwirrt zum Fenster hinaus und kratzte sich am Kopf. Vermutlich konnte er an den vorbei hüpfenden Bäumen und Telegrafenmaste die Richtung nicht erkennen. Aber er stieg an der nächsten Station aus.

Lässig lehnte ich mich in meinem Sitz zurück, zupfte an meiner schicken Lederjacke und schlug elegant die Beine übereinander. So etwas kann mir nicht passieren dachte ich, auch wenn es in meiner Magengegend immer noch gefährlich kribbelte.

Ein sehr gut gekleideter Mann, der mir schräg gegenüber saß, fiel mir auf. Er stak in Anzug und Weste, seine Hose hatte tadellose Bügelfalten und auch sonst schien er auf Hochglanz poliert worden zu sein. Innerhalb kurzer Zeit ging er mit einer Dose Haarspray dreimal zur Toilette. Seine ohnehin eng anliegenden blonden Locken bedurften anscheinend einer besonderen Pflege. Als er wieder von der Haarpflege kam, huschten seine blauen Augen im Abteil umher und sein etwas gehetzt wirkender

Blick heftete sich an mir fest. Danach setzte er sich auf seinen Platz und schlug ebenfalls die Beine übereinander. Mit langsamen, betont lässigen Bewegungen, zog er ein Pfeifchen aus der Tasche und zündete es an. Ich fühlte, dass er mich beobachtete und blickte ich zum Fenster hinaus, um ihm mein Desinteresse an seiner Person zu zeigen.

Während grün gelbe Herbstwälder und kleine rote und weiße Häuschen an mir vorbei flogen, kam mir ein Gedanke. Was wäre, wenn dieser Mann auch mit der Presse zu tun hätte? Vielleicht war er ein Fotograf oder gar ein Redakteur?

Vielleicht war heute mein Glückstag und ich wurde endlich als die Frau entdeckt, die ich wirklich war. In meiner Phantasie sah ich mich Glossen und Satiren schreibend in einer bekannten Zeitschriftenredaktion sitzen. Sogar berühmte Personen erwähnten meine Texte lobend im Quartett in ihrer Fernsehsendung. Meine Werke wurden zu einem Buch zusammengefasst, dass selbstverständlich ein Bestseller wurde. Oh tat das gut!

Kurz darauf waren wir an der nächsten Bahnstation angekommen. Doch mir gegenüber saß der Mann mit der Pfeife.

„Entschuldigung, ich will sie nicht erschrecken", sagte er höflich. „Ich werde auch sofort wieder gehen, doch wenn sie mir nur eine Frage beantworten könnten, wäre ich sehr dankbar", fügte er hinzu. Das Zucken in meiner Magengegend wurde heftiger und meine Hände begannen zu zittern.

So lässig wie möglich strich ich über meine neue Lederjacke und zupfte mir die Haare in irgendeine Richtung. Verdammt, warum habe ich nicht noch einmal in den Spiegel gesehen, dachte ich.

„Nun gut, wenn es Ihnen nützt, antwortete ich mit cooler Stimme.

„Ach, es nützt mir sogar sehr. Sie haben ja gar keine Ahnung, wie sehr. Doch ich wusste nicht, ob ich es wagen sollte - Sie anzusprechen", sprach er nebulös.

Ein schrecklicher Verdacht stieg in mir auf. Ich dachte daran, dass ich diesen Zug erst in einer halben Stunde verlassen müsste, und sah mich schon mit einer Versicherungspolice oder dem Abonnement für eine Zeitschrift aussteigen. Der Mann zog heftig an der Pfeife, auch seine Hände zitterten nun ein wenig.

„Darf ich Sie fragen, wie groß Sie sind?"

„Ungefähr ein Meter sechzig", antwortete ich verblüfft. Er nickte bedächtig, und musterte mich. Vielleicht war er doch ein Fotograf?

„Darf ich auch wissen wie viel Sie wiegen?"

„Vierundfünfzig Kilo", antwortete ich entspannt

Zwei oder drei Kilo mehr würden bestimmt nicht ausschlaggebend sein. Der Mann sog noch hastiger an der Pfeife. Der Tabakrauch stieg mir in die Nase und brachte mich zum Niesen. „Entschuldigung", sagte der Mann, während seine festgeklebten Haare sich ganz leicht vom Kopf abzuheben begannen. „Vierundfünfzig Kilo" wiederholte er und seine Mundwinkel fielen nach unten. Trotz meiner Vorstellungen verlor ich langsam die Geduld.

„Was wollen sie von mir?", fragte ich.

„Das ist so", antwortete der Mann zögernd, zog einen zerknitterten Brief aus seiner Brusttasche und hielt ihn mir unter die Nase.

Am Briefkopf war eine Bekanntschaftsanzeige befestigt, auf der stand: „Glaubensschwester sucht Glaubensbruder".

„Ich bin der Bruder, welcher der Schwester auf eine Anzeige geantwortet hat", erklärte er mir. Sein

Gesichtsausdruck ähnelte dem eines Schafes, das nach seiner Herde sucht. Seine Augen irrten ziellos umher. Das nervöse Zucken in meiner Magengegend verwandelte sich in eine mühsam zurückgehaltene Lachsalve.

„Heute findet das erste Rendezvous statt", sagte er. Verständnis heuchelnd schaute ich auf seine zitternden Hände.

„Und nun sind sie sehr aufgeregt", stellte ich fest.

„Ich habe die Nacht nicht geschlafen. Ich brauch wieder eine Frau. Ich bin schon zwei Mal geschieden", stammelte er. „Dieses Mal muss es klappen. Ich weiß nicht, was ich tue, wenn es schon wieder schief geht."

„Dabei kann ich Ihnen nicht helfen", stellte ich fest.

Aber der Mann hörte nicht auf mich.

„Der Fehler ist, dass sie so groß wie sie ist, wiegt aber fünfundsechzig Kilo. Was meinen Sie, ist sie zu dick?", fragte er. Ich war verblüfft. Es war schwer, seinen Überlegungen zu folgen.

„Sie hat mir am Telefon versichert, sie habe nur einen zu großen Busen. Sie hat eine halbe Stunde mit mir telefoniert. Was meinen Sie, ist sie verschwenderisch?", bohrte er weiter.

Mein mühsam zurückgehaltenes Lachen stieg wieder in mir auf. Meine Augen begannen zu tränen und ich suchte vergeblich nach einem Taschentuch. Der Mann stocherte in der Pfeife. Seine Augen taxierten mich genauer.

„Ich hatte gehofft, sie sähen ihnen ähnlich", sagte er.

„Frauen telefonieren gerne mal länger und außerdem sind zehn Kilo, falls sie richtig verteilt sind an einer Frau nichts Nachteiliges", antwortete ich diplomatisch, ohne auf seine vorherige Bemerkung einzugehen. Vielleicht mag er einen großen Busen.

„Übrigens, was ist eine Glaubensschwester?", fragte ich. Da ich diesen Ausdruck noch nie gehört hatte, interessierte er mich. „ Wir gehen mindestens einmal in der Woche in die Kirche und stehen im Glauben", erklärte er mir. Sein Blick wurde wieder genauer und schärfer.

„Wissen Sie", sagte er zögernd, ich brauche eine Frau. Brauchen Sie nicht zufällig auch einen Mann? Ich meine, wenn es bei der Glaubensschwester nicht klappt?"

„Nein, das dürfen sie nicht", antwortete ich energisch und schoss empörte Blicke auf seine festgeklebten Haare und die scharfen Bügelfalten ab. Als Ersatz für vollbusige Glaubensschwestern war ich mir zu schade.

Die mühsam festgeklebten Haare standen wieder in allen Richtungen von seinem Kopf ab. Große Schweißperlen standen auf der Stirn. Dunkle Rauchwolken stiegen aus seiner Pfeife. Erstarrte mich schweigend an.

„Ich muss an der nächsten Station umsteigen"", sagte ich. Ich griff nach meiner Tasche und flüchtete mich auf die Toilette, wo ich mich im Spiegel betrachtete und so lange lachte, bis der Zug in Stuttgart angekommen war. Der Zug nach Mainz stand auf dem Bahnsteig gegenüber. So schnell es ging, suchte ich mir einen Platz darin. Der Glaubensbruder verfolgte mich und setzte sich wieder in dasselbe Abteil. Dieses Mal aber saß er mit dem Rücken zu mir.

Ich beobachtete im Taschenspiegel, wie er nervös auf seinem Sitz rutschte. Er ging noch einige male zur Toilette, um seine Haare festzukleben. Er würdigte mich keinen Blickes mehr. Schließlich hatte ich ihm eine Abfuhr erteilt. Kurz vor mir stieg er mit bleichem Gesicht aus dem Zug. Ich werde wohl nie erfahren, ob er die richtige Glaubensschwester gefunden hat. Aber wenn sie nicht all zu viel wiegt, nicht verschwenderisch ist, und gute Bügelfalten machen kann, wird`s schon geklappt haben.

Übrigens hat die Illustrierte den Fototermin eingehalten. Mein Vater und ich wurden zwei Stunden lang in allen Posen durch eine Parkanlage getrieben t und abgelichtet. Trotzdem ist der Artikel nicht erschienen. Aber die Reise nach Mainz war lehrreich und amüsant

Mitleid

Seit einiger Zeit bin ich Single, nicht unbedingt unglücklich, aber mit der Zeit möchte man doch eine Veränderung in seinem Leben. Also habe ich auf eine Anzeige reagiert die für meine Begriffe recht ansprechend formuliert war. Es dauerte nicht lange, da meldete sich telefonisch bei mir ein Herr mit angenehmer Stimme. Er erzählte aus seinem Leben und wir kamen uns nach weiteren Telefonaten etwas näher. Schließlich vereinbarten wir ein Treffen vor einem gepflegten Restaurant.

Der Tag X kam immer näher, die Aufregung und Neugier stiegen. Am vereinbarten Ort stand er nun. Ich ging auf ihn zu und begrüßte ihn. Er ging voraus und schlug mir die Tür des Restaurants direkt vor der Nase zu. Als ich das Restaurant schließlich auch betrat, war er schon an einem Garderobenständer und hing seinen Mantel auf. Ich dachte er hilft mir aus der Jacke, stattdessen steuerte er allein auf einen Tisch zu. Also hing ich meine Jacke über einen Bügel und suchte den Tisch auf. Wir bestellten unser Essen und Wein.

Während des Essens sprach er mit vollem Mund: „Was - schon so lange allein? So`ne Süße, kann ich mir gar nicht vorstellen." Während er mit seiner Gabel im Essen schaufelte und gleichzeitig sprach, fiel immer etwas von der Gabel in die Soße zurück. Sie spritzte ihm das Hemd voll. Versteinert sah ich ihn an. Er beachtete mich gar nicht: „Ich unterhalte mich öfters mit mir allein und wie lange hattest du schon keinen Sex?", wollte er wissen. Die Soße spritzte über den Tellerrand. Nach dem Essen blieben Speisereste in seinem Mund. Er hatte in den Mundwinkeln Sabber. Das Besteck hielt er so, wie ich es von kleinen Kindern her kannte. So saß er vor mir, total verkrampft und außergewöhnlich abnorm – abgesehen von seiner Schaufeltechnik während des Essens.

Das Restaurant war gut gefüllt, fast alle Plätze waren besetzt. An unserem Nebentisch saßen vier gepflegte

Herren. Die Tische standen sehr dicht nebeneinander. Mein Gesprächspartner erzählte recht laut: „Ich habe mir heute ein Doppelbett gekauft. So sehr habe ich mich auf das Treffen mit dir gefreut." Offensichtlich sollte ich seine Nachspeise sein. Unsere Tischnachbarn schmunzelten und sahen uns abwechseln an. Am liebsten wäre ich in diesem Moment in eine Ritze des Fußbodens verschwunden. Ich senkte den Blick und tat so, als ob ich nicht zu ihm gehörte. Man, war mir das peinlich. Ich hob meinen Zeigefinger und wackelte damit, um ihn in meiner Zeichensprache zu verdeutlichen, dass er aufhören sollte. Er aber verstand mich nicht.

Er sagte: „So wie du aussiehst, hast du doch bestimmt sehr häufig Sex." Wieder schauten die Tischnachbarn zu uns, als könnten sie meine Antwort nicht abwarten. Irgendwann habe ich auf keine Frage mehr eine Antwort gegeben. Ich machte den Vorschlag das Restaurant zu verlassen.

Er sagte wohlwollend: „Du bist so eine Nette. Du brauchst das Essen nicht selbst zu bezahlen." Dabei hatte er mich doch im Vorfeld eingeladen. Als ich aufstand um meine Jacke zu holen – passierte mir an diesem Abend das erste Positive. Mein direkter Tischnachbar (ein Traum von einem Mann) stand auf. Er begleitete mich zur Garderobe. Er wusste genau wie meine Jacke aussah und half mir beim Ankleiden. Sehr leise sagte er zu mir: „Ich hoffe sehr, sie haben noch einen schönen Abend vor sich" und lächelte mich mitleidig an. So hundeelend wie an diesem Abend habe ich mich lange nicht mehr gefühlt.

Der Minnesänger

Es war an einem Sonntagmorgen. Früh um Sieben Uhr. Die Vögel zwitscherten in den Bäumen und die Luft war herrlich. Sie Sonnenstrahlen kitzelten Annerose wach. Sie ließ bei offenem Fenster das Sommerflair auf sich wirken.

Sie lag auf dem Bett und träumte von Hermann. Heute sollte nach den vielen Telefonaten ihr erstes Date sein. Er hatte versprochen, sie zu überraschen. Plötzlich vernahm sie seltsame Klänge vom Hof. Es hörte sich nicht gut an und störte die morgendliche Stille. Annerose dachte an einen komischen Radiosender, den jemand zu laut aufgedreht hatte. Irgendwie klang er nach einer Art Gitarre. Gesang stellte sich ein. Welcher Idiot mag da klimpern und warum um Himmelswillen am Sonntag früh?

Sie hörte genauer hin und vernahm plötzlich ihren Namen. Das konnte nicht sein! Sie schwang sich mit Elan aus dem Bett und traute ihren Augen nicht. Sie erkannte ihn sofort. Er hatte ihr ein Foto geschickt, auf dem er mit einer Gitarre an der Seite auf einer Bühne stand. Jetzt stand er unter dem Fenster inmitten der Häuserblocks und sang: „Oh, oh, ohhhh – Annerose mein!"

Es klang musikalisch total daneben und hörte sich grausam an. Hermann schien das nicht zu stören. Entsetzt sah Annerose zu den anderen Fenstern in der Nachbarschaft. Einige Leute empfanden das Ständchen als Ruhestörung. Erbost schlossen sie die Fenster. Andere amüsierten sich über den Sänger. Hermann wartete auf eine Art Beifall und blickte erwartungsvoll auf die Fenster und hoffte, dass sich das Richtige für ihn öffnen möge. Aus einem Fenster flog ein Geldstück und fiel klimpernd auf den Gehweg im Hof. Annerose war sauer. Sie knallte das Fenster zu. Sie wusste nun, wie der Sonntag verlaufen würde. Noch Tage später sprachen die Nachbarn über Annerose und ihren Verehrer. Wurde sie gegrüßt, so bemerkte sie oft ein merkwürdiges Lächeln im Gesicht der Leute.

Alles Gute von deiner Wäsche

Ich habe keine Lust mehr auf Auseinandersetzung oder auf das Warum, Wie und Weshalb. Unsere eben beendete Beziehung steht mir bis zum Hals, und ich muss meinen Kopf wieder frei bekommen.

Wenn du Deine Jacke und Krawatte, sowie Unterhose nicht bei mir vergessen hättest, würde ich mich auch nicht mehr bei dir melden.

Du hast gemeint, ich könnte die Dinge, die du bei mir lässt noch gebrauchen. Nun, deine Kleider brauche ich wirklich nicht und auch ohne die Nudeln wäre ich nicht sofort verhungert.

Die alte Pappschachtel, die noch vor meiner Tür steht hättest du ebenfalls mitnehmen können, so wie auch den Abfall von der Seezunge. Ich bin noch kurz nach der

Mahlzeit fast am Verhungern gewesen und musste mir die Gräten in Feinarbeit aus den Zähnen entfernen.

Das du mir einen Ölofen gebracht hast, war eine gute Idee von Dir, dass muss ich zugeben. Das Dumme ist nur, dass er jetzt in meiner Wohnung steht und nicht gebraucht wird, da ich hier im Haus nicht mehr als drei Öfen anschließen kann. Denk jetzt nicht, ich sei beleidigt oder nicht dankbar für alles, was du mir gebracht hast. Es liegt mir fern, Dir Vorwürfe zu machen.

Immerhin ist es beruhigend, dass ich jetzt ein paar ordentliche Steckdosen mit Deckel im Haus habe und eine neue Neonröhre für das Bad.

Das du deine Wurst wieder mitgenommen hast, kann ich gut verstehen. Das Töpfchen mit Schnittlauch vermodert allerdings hier auf der Fensterbank. Ich überlege mir, ob ich das Grünzeug trocknen, einfrieren oder doch gleich zu den Abfällen von der Seezunge werfen soll.

Die Flasche Wein, die noch hier ist, werde ich auf dein Wohl trinken. Dabei werde ich an jenen Tag denken, an dem Du bei der Single- Reise unbedingt Dein frauenloses Dasein beenden wolltest. Du bist in mein Hotelzimmer eingedrungen und hast mich aus der Dusche geholt, um mit mir schwimmen zu gehen.

Das daraus ein Spaziergang geworden ist, war in Ordnung. Auch der Schnaps und der Sekt, den wir danach in Deinem Zimmer getrunken haben, schmeckten und trugen zur besseren Stimmung bei. Abends bei der Silvesterfeier gab es Wein, der unsere Blicke vollends verschleierte.

Deshalb nehme ich mir für die nächste Silvesterfeier vor, keinen Alkohol mehr zu trinken oder mir eine Brille zu besorgen.

Sollte es der Zufall wollen, dass wir uns bei einer dieser Singlereisen wieder sehen, können wir über alte Zeiten reden. Sollte es er Zufall wollen, dass wir uns bei einer dieser Singlereisen wieder sehen, können wir über alte Zeiten reden.

Ich erzähle Dir dann, was aus dem Ölofen, den Nudeln und dem Schnittlauch geworden ist, und wie lange ich gebraucht habe, um die Neonröhre im Bad selbst einzusetzen.

Hiermit beende ich diesen Brief mit einem Ausspruch von Alwin, der auch auf der Singlereise war. Jemand hatte ihm vorgeschlagen, sich drei Frauen fürs Grobe und eine zum Aufwärmen zu suchen. Alwins einziger Kommentar war: „Au Weh." Ich fühle mit ihm.

Machs gut und grüß mir deine Wäsche von Weihnachten, die sicher noch ungewaschen in deiner Badewanne liegt.

Der Geschäftsmann

Eines Abends bekam Gerlinde einen Anruf von einem Herrn. Er reagierte auf eine Anzeige, welche Gerlinde aufgegeben hatte. Er stellte sich als Bernd vor und er wäre alleinerziehender Vater und Geschäftsmann.

Es hörte sich alles sehr gut an. Gerlinde mochte Kinder. Plötzlich schlug er ihr vor, dass sie sich am Abend auf einem nahe gelegenen Flugplatz treffen könnten. Er wäre Hobbypilot und würde dort auf Gerlinde warten.

Treffen im Dunkeln auf einem Fluggelände? Das war Gerlinde zu viel.

Sie schlug ein Treffen zu einer Tasse Kaffee an einem Nachmittag vor. Nach einem kurzen Zögern sagte er zu. Das Treffen sollte zwischen zwei Orten sein. In der Mitte wollten sie sich treffen. Auf der Karte sah Gerlinde, dass sie eine längere Strecke zurücklegen müsste.

Die Verabredung sollte zwei Tage später stattfinden. Gerlinde war sehr aufgeregt und neugierig. Sie erzählte am Telefon, was sie für ein Auto fährt, damit er sie erkennt. Er sagte, er würde in einem weißen Transporter auf einem Parkplatz außerhalb des Ortes auf Gerlinde warten.

Nachdem sie fertig angezogen und geschminkt war, sah sie noch einmal auf der Landkarte nach dem Weg. Nach einer einstündigen Autofahrt befuhr Gerlinde den angegebenen Parkplatz und blieb im Auto sitzen. Falls er ihr Auto sieht, so würde er auf sie zukommen, dachte sie. Gelinde ließ ihren Blick über das Parkgelände schweifen. Sie entdeckte einen weißen Transporter. Er musste sie doch auch sehen? Warum stieg er denn nicht aus? Als Gerlinde genauer hinschaute, stellte sie fest, dass er den Außenspiegel seines Autos so eingestellt hatte, dass er sie beobachten konnte.

Irgendwann war es Gerlinde zu dumm und sie stieg aus. Entschlossen ging sie auf den weißen Transporter zu. Erst als sie vor seiner Autotür stand, stieg er aus. Er stellte sich vor und fragte, ob sie gleich in der ersten Gaststätte Kaffee trinken könnten. Während beide am Tisch saßen, erzählte Bernd nur von Motoren und Technik am Flugzeug. Geduldig hörte Gerlinde zu, verstand allerdings kaum etwas.

Nach etwa einer Stunde kam der Kellner. Er wünschte die Bezahlung. Gerlinde stutzte, als Bernd ihr die

Rechnung zuschob. Sie gab ihm die Rechnung mit dem Kommentar: „Diese Rechnung kann steuerlich abgesetzt werden." Beim Kellner bezahlte sie ihren Anteil.

Danach stand sie auf, ging zurück zum Auto und fuhr nach Hause. Sie war von ihm enttäuscht. Sie hatte sich unter einem „Geschäftsmann" etwas anderes vorgestellt.

Die Armeezeit

Ich hatte durch eine Zeitungsanzeige einen ehemaligen Oberstleutnant kennengelernt. Er sah gut aus, war groß, kräftig und trug einen kurzen Haarschnitt.

Zu Beginn gingen wir oft nur Kaffee trinken. Später wurden die Treffen auf die Abendstunden verlegt. So gingen wir ins Kino oder in Restaurants. Später trafen wir uns auch bei ihm zu Hause und es wurde mehr daraus. Das war praktisch, da ich in der Nähe auch arbeitete.

Nach einer Weile bemerkte ich, dass er nur sexuelles Interesse an mir hatte. Er war sehr eitel und der Meinung, dass keiner schöner wäre als er. Wenn eine Frau verliebt ist, will sie so etwas nicht sehen.

Das Witzige an ihm war, dass er seine Bundeswehrzeit nicht vergessen konnte. Mitunter bekam er seine fünf Minuten und marschierte in seiner Wohnung, in der Hand einen Stock nach den Takten von Marschmusik auf und ab.

Ich habe diesem Spiel ziemlich fassungslos zugesehen. Teils fand ich das witzig, teil habe ich mich immer gefragt, ob er noch ganz dicht im Oberstübchen war.

Jedenfalls waren wir etwa ein Jahr zusammen. Ich bemerkte bald, dass er eigentlich kalt wie eine Hundeschnauze war. Ehrlich gesagt, wurde mir das Jahr zu stressig. Ich beendete das Verhältnis. Danach fehlte mir nichts mehr. Weder sein Rang Oberstleutnant noch die Takte der Marschmusik. Irgendwann muss eine Frau einen Schlussstrich ziehen. Auch wenn sie keinen Schaden nimmt.

Das Cafe

Marion ist seit Jahren Single und verbindet gern das Notwendige mit dem Nützlichen. Zu Hause hatte sie einen großen Garten. Wenn sie irgendwo Blumenpflanzen sah, musste sie diese kaufen.

Eines Tages verabredete sie sich mit einem Harry zu einem Date in einer Großstadt. Geplant war ein Treffen in einem Cafe am Markt. Sie zog sich Jeans und eine Bluse an und fuhr gegen Mittag zuerst in den dortigen Baumarkt, um dort Blumen und Pflanzen zu kaufen. Sie wäre gern dort geblieben. Es war Frühling und es gab viele gute Angebote. Danach erst fuhr Marion in Richtung Markt und suchte sich einen Parkplatz in der Nähe.
Sie stieg aus und suchte nach einem Cafe. Aber welch ein Schreck. Am Markt waren mehrere Cafés. Nun wusste sie nicht, in welchem das Treffen stattfinden sollte.

So setzte sie sich einfach bei dem schönen Wetter auf eine Terrasse und ließ den Blick nach ihrem Date schweifen. Wie der Mann aussah, wusste sie nicht.

Nachdem sie so über eine Stunde herum saß und Kaffee trank, sah sie nur Pärchen. Sie ließ ihren Blick in andere Cafés wandern.

Auf der anderen Straßenseite erblickte Marion schließlich einen Mann, der auch allein am Tisch saß und sich suchend umsah. Schließlich stand sie auf, ging hinüber und stellte sich kurz vor. Schon beim Anblick stellte sie fest, dass er nicht ihr Fall war. Auch sah er nicht gerade wie ein Galan aus.

Marion fragte: „Sind Sie Harry?" Er bejahte. Sie setzte sich zu ihm und hoffte auf ein Kännchen Kaffee und ein nettes Gespräch.

Zuerst gaben sie bei der Kellnerin die Bestellung auf. Harry begann Marion ganz ungeniert von oben bis unten zu mustern. Sein Blick verriet aber, dass er sie nicht mochte.

Nach dem Kaffee wollte Marion ihm sagen, dass er ihr nicht sympathisch war. Aber dazu kam sie nicht mehr. Bevor sie etwas sagen konnte, machte er ihr mit unverblümten Worten klar, was ihm an ihr nicht passte.

Marion war geschockt. So besonders sah er auch nicht aus.

Als die Kellnerin die Rechnung brachte, bezahlte Marion ihren Kaffee selbst.

Ohne sich zu verabschieden, stand Marion auf und ging zurück zum Auto.

Etwas Gutes hatte immerhin der Tag. Schließlich hatte sie Blumen und Pflanzen für ihren Garten erworben. Sie beschloss für die Zukunft, noch mehr Zeit für den Baumarkt einzuplanen.

Tennis- und Tanzpartner

Vor Jahren suchte ich einen Tennispartner, weil sich Frauen ja prinzipiell nicht melden, leider.

Na ja gut, der erste war von sich und seinem Adoniskörper überzeugt Er spielte auch tatsächlich zweimal mit mir Tennis.

Danach sagte er: „Ja, dann lass uns doch etwas trinken gehen."

Gut, ich war Single. Es ist ja nix dabei, mal ein netten ungezwungenen Abend zu verbringen. Warum nicht?

Später fragte ich mich: „warum nur?" Er schenkte mir eine rote Rose und viele schleimige Komplimente. Es folgten unzählige Telefonate, aber Tennis spielen wollte er nicht mehr mit mir.

Und der zweite Tenniscrack war gleich gute zwanzig Jahre älter und war immer wegen des Spiels verhindert. Ja, aber zur Straßenfastnacht hatte der mich mitgeschleppt. Da ich nicht unhöflich sein wollte, dachte ich, „O.K." Man kann sich ja schon Vorab kennenlernen. Dazu ist es aber nicht gekommen. Auch nicht zum Spiel reichte es. Er hatte seine Hände überall an mir, nur nicht am Schläger und ich dachte, jetzt hänge ich meine Nummer im Sportcenter ab.

Kurze Zeit später traf ich meinen super Spezial-Tanzpartner. Ich wollte mein Grundwissen an den Lateinamerikanischen Tänzen erweitern. Da musste nun ein Mann her. In einen Lesbenkurs wollte ich nicht unbedingt. Dafür habe ich die falschen Voraussetzungen.

Ich ging gleich in die vollen und verabredete mich in der Tanzschule zum Ball. Dafür habe ich mich von oben bis unten durchgestylt und ein langes schwarzen Abendkleid angezogen.

Gut, da kam der Tanzpartner. Er war zehn Zentimeter kleiner als ich. Er trug ein Hawaiihemd und hatte lichtes Haar. Der Schnauzbart stand borstig ab. Der Mann hatte das Rhythmusgefühl eines Taschenrechners. Man könnte insgesamt sagen: Ein frisch aufgemachter Ballermann.

Verständlicherweise bekam ich an diesem Abend urplötzlich meine Migräne. Auf schnellstem Weg musste dieser wunderbare Abend beendet werden. Es war nur zu dumm, dass er meine Telefonnummer hatte. Da musste ich ihm reinen Wein einschenken. So war unsere Tanzkarriere beendet war, bevor sie begann.

Die Suche nach der großen Liebe

Es war zu einer Kirmes. Am ersten Tag ging ich mit Freunden hin und da ich Single war, hielt ich natürlich auch Ausschau nach gut aussehenden Typen, die mir die Abende versüßen könnten.

An einem Donnerstag bot sich dazu die erste Gelegenheit. Es war zwar ein Bekannter, welcher nicht gerade intelligent war. Da es immer später wurde, dachte ich mir, „na gut". Kurz bevor wir uns das erste Mal küssen konnten, kam ein zotteliger Typ auf ihn zu und beleidigte meinen Bekannten, wegen seiner Kleidung. Diese ließ darauf schließen, dass er Rechts eingestellt war. Mein Bekannter ließ es sich nicht gefallen und konterte.

Ich traf für mich die Entscheidung zu gehen. Ich wollte mir den Abend nicht verderben lassen. Zufällig traf ich noch eine Freundin. Wir tranken noch etwas zusammen und danach ging ich nach Hause. Der Abend war misslungen.

Am nächsten Tag fuhr ich mit meiner Freundin Yvonne in den Biergarten. Wir wagten uns bis nach vorn zum DJ Pult und tanzten nach einigen Radlern locker mit. Ich war ständig auf der Suche nach einem Abenteuer und hatte meine Augen überall.

Es kam nach einiger Zeit tatsächlich ein junger, ganz nett aussehender Mann auf mich zu und ich dachte, das wäre genau mein Typ. Dunkle Haare, dunkle Augen und eine frohe Ausstrahlung. Der wird es, dachte ich mir und ehe ich mich versah, forderte er mich zum Tanz auf. TANZEN??? Aber ich kann nicht tanzen, zumindest keine von diesen Standardtänzen. Es ist mir heute noch peinlich, dazu aufgefordert zu werden. Spät in der Nacht fuhr ich mit meiner Freundin nach Hause.

Der Samstag sollte, ohne Witz, ein Mädchenabend werden. Yvonne und ich gingen wieder in den Biergarten. Dieser war jedoch voller als am Tag zuvor. Wir gingen wieder zum DJ Pult. Nachdem wir etwas getrunken hatten, wollten wir gehen, da stehe ich doch glatt vor dem bezaubernsten und schönsten Lächeln, das mir je begegnet war. Ich hörte mich selbst sagen: „Kein durchkommen - was?" Wir standen inmitten des Menschengetümmels und nichts ging mehr. Er sah mich an und ich ihn. Er zeigte mir durch sein Lächeln, dass er mich verstehen würde. Ich war wie betäubt. Er erzählte mir, dass er in den Menschenmassen seine Leute verloren hätte. Da sah ich plötzlich meine Chance kommen, diesen blonden Engel für mich zu gewinnen.

Ich überwand mich und fragte ihn, ob er nicht Lust hätte, mit uns zu kommen. Er fand die Idee gut und mein Herz hörte auf, nervös zu klopfen. Aus einem Impuls heraus ergriff ich seine Hand. Wir kamen in einer Disko an und setzten uns in die Nähe der Bar. Er gab den ganzen Abend Getränke und Zigaretten aus, ohne etwas dafür zu fordern. Er stand immer in meiner Nähe und wir sahen uns an. Irgendwann sagte er: „Du hast schöne Lippen. Darf ich dich küssen?" Ich antwortete nicht, sondern ließ es zu und schwebte darauf im Siebten Himmel. Wir küssten uns noch oft. Als der Morgen kam, brachte er uns zum Bahnhof und wartete, bis unser Zug kam.

Ich dachte, ich sehe ihn nicht wieder. Yvonne und ich stiegen ein. Die Handynummern hatten wir längst ausgetauscht. Am nächsten Tag rief er mich an und ich erfuhr, dass er Marius hieß. Was für ein ungewöhnlicher schöner, wunderbarer Name. Nach ein paar Startschwierigkeiten kamen wir zusammen.

Das Ganze ist jetzt ein Jahr her. Heute haben wir uns getrennt und ich weiß nicht, wie ich ohne ihn leben soll. Er meint, dass er für eine feste Beziehung zu jung sei und will noch etwas erleben. Das tat sehr weh. Er hat doch alles bei mir erleben können.

Die nächste Zeit wird zeigen, ob wir ein Paar bleiben oder ob er seine Freiheit ausleben wird. Ich will ihn nicht verlieren. Er hat mir gezeigt, was Liebe ist. Ich will ihn zurück.

Nun warte ich auf den Tag, an dem er wieder vor meiner Tür steht und mir sagt, dass er nur mich will und nur mich braucht.

Der Busfahrer

Christa war ein Familienmensch und nicht ortsgebunden. Es störte sie auch nicht, als sich ein süddeutscher, alleinerziehender Vater bei ihr meldete.

Ihr Aussehen war normal und die Figur fraulich. Am Telefon erfuhr sie, dass er Bernd hieß und Busfahrer war. Er hätte am nächsten Tag frei und wollte sich mit ihr in ihrem Ort treffen. Christa sagte zu und sie vereinbarten ein Treffen am späten Nachmittag an einer Tankstelle am Ortseingang. Gesagt, getan.

Pünktlich traf Christa an der Tankstelle ein. Auf Anhieb erkannte sie sein Auto, fuhr neben ihn und gab ihm mit der Hand ein Zeichen, dass er ihr folgen solle.

Christa fuhr vor ihm auf einen kostenlosen Parkplatz in der Nähe des Stadtzentrums. Kaum stieg sie aus und schloss den Wagen ab, da parkte Bernd neben ihr. Sie gaben sich die Hand.

„Wohin wollen wir gehen?", fragte er. Christa schlug ein Restaurant in der Nähe vor. Gesagt, getan.

Als sie am Tisch saßen, bestellten beide etwas zu trinken. Es sah aus, als gefiel sie ihm. Christa sah ihn sich etwas genauer an. In seinem Gesicht waren viele Warzen. Das Hemd war schon einige Jahre alt. Darüber trug er eine quietschgelbe gestrickte Weste.

Ehrlich gesagt, gefiel er ihr nicht. Es war allerdings nicht nur das Aussehen allein. Als sie so zusammen waren, erzählte er ihr, dass er keine Kinder mochte und es zwischen ihm und seiner Exfrau zu Schlägereien gekommen war. Christa war geschockt. So etwas hätte sie nie erwartet.

Plötzlich beobachtete er noch andere Personen, die an Tischen saßen. Auf Anfrage des Grundes antwortete er: „Ich beobachte gern Leute und erkenne genau ob Ossi und Wessi oder Wossi."

Sie saßen über eine Stunde zusammen und Christa wollte nur noch weg.

Sie war froh, als sie endlich das Restaurant verlassen hatten. Am Auto angekommen, nahm er aus dem Kofferraum ein Strauß Blumen, die in Papier eingewickelt waren. Er sagte zu ihr: „Hier bitte für dich, von Fleurop." Christa nahm den Strauß und bedankte sich.

Er sagte: „Ich bringe dich heim und bleibe. Ich habe ja frei." Was sollte sie tun? So legte sie sich einen Plan zurecht.

Sie sagte zu ihm: „Wir fahren bis zur Tankstelle und dort biegst du rechts ab. Ich folge dir und zeige dir den Weg." Endlich – als er an der Tankstelle rechts abbog, nutzte sie die Gelegenheit, bog nach links ab, schlug noch zwei Haken, fuhr nach Hause und stellte das Auto in der Garage ab. Endlich war sie ihn los. Sie wickelte die

Blumen aus und wollte sie in die Vase stellen. Von den Blumenköpfen fielen die Blütenblätter ab.

Der Alkoholiker

Nach langer Zeit startete ich einen neuen Versuch, um einen Partner zu finden. Es können ja nicht alle Männer unzuverlässig, ungehobelt, peinlich oder verlogen sein.

So verabredete ich mich an einem wunderschönen Sommertag mit einem netten Herrn, den ich über eine Anzeige kennengelernt habe. Wir verabredeten uns in einem asiatischen Restaurant. Mein Datepartner legte im Voraus schon Wert darauf, ein Erkennungsmerkmal auszumachen. Ich dachte bei mir, das kann ja heiter werden. Er wollte eine rote Rose in der Hand zu halten.

Also zog ich ein kurzes Kleid an, schminkte mich und fand mich nach einem Blick in den Spiegel einfach toll. Am vereinbarten Treffpunkt wartete er schon. Er stellte sich als Robert vor und war gut gekleidet. Er machte einen gepflegten Eindruck. Gemeinsam gingen wir in das asiatische Restaurant. Angeregt unterhielten wir uns. Wir waren uns auch sympathisch. Es sollte ein schöner Abend werden. Ich nahm mir vor, mich darum zu bemühen. Wer weiß, wie er sonst enden könnte.

Da begann er von seiner Exfrau zu erzählen. Das war genau das, was mich nicht interessierte. Also entschied ich mich dafür, das Thema zu wechseln. Irgendwie gelang es mir nicht so recht. Nach dem Essen begann er Getränke zu bestellen. Während ich bei einem Glas Wein saß, bestellte er für sich Unmengen an Bier, Schnaps und sogar Wein. Alles durcheinander. Das war für mich ein totaler Schock. Anstatt sich um mich zu kümmern, stand er auf, entschuldigte er sich kurz und schwankte in Richtung Toilette.

Ich wartete und wartete. Nach einer Weile kam er mit hochrotem Gesicht wieder an den Tisch. Ich dachte mir, das er doch nicht etwa in die Hose….? Hoffentlich hatte er sich die Hände gewaschen. Der Abend entwickelte sich. Sollte es ein blankes Horrorszenario werden?

Kaum saß er am Tisch, da begann Robert neue Bestellungen für seinen Alkoholkonsum aufzugeben. So etwas hatte ich noch nie erlebt. Ich war total enttäuscht. Richtig sprechen konnte er auch nicht mehr. Die Augen waren schon glasig. Er glotzte mich an wie ein Tiefseefisch.

Langsam hatte ich genug von Robert. Als er wieder zur Toilette wankte, ergriff ich meine Tasche, stand auf und ging schnell hinaus. Das erste Taxi war meins. Ich fuhr enttäuscht nach Hause. Ich wollte es nicht begreifen, wie schnell sich das Bild von einem Menschen in kürzester Zeit ändern konnte.

Die Arbeiterwohlfahrt

Gerda war im besten Alter. Die Kinder waren erwachsen und gingen ihren eigenen Weg. Zufällig traf sie im Einkaufszentrum eine langjährige Bekannte mit Namen Carla. Sie wohnte außerhalb und besuchte einmal pro Woche ihre Verwandten. So nutzte Carla die Gelegenheit zu einem Bummel.

Vor dem Eingang des Einkaufzentrums trafen sie sich und unterhielten sich. Gerda erfuhr, dass Carla einen Freund hatte und mit ihm zusammen lebte. Gerda entgegnete, dass sie auf einige Anzeigen reagiert habe, sich aber leider niemand meldete.

Kurz entschlossen zog Carla Stift und Zettel aus der Tasche und machte sich einige Notizen.

Da sie in einem anderen Landkreis wohnte, wollte Carla die dortigen Anzeigen durchforsten. Vielleicht würde sie auch für Gerda einen passenden Partner finden. Nach einer Weile verabschiedeten sich die beiden Frauen voneinander.

Einige Wochen waren vergangen und Gerda befand sich im Moment bei einer Massage, als ihr Handy klingelte. Gestört nahm Gerda das Gespräch entgegen. Als sie sich mit ihrem Namen meldete, fragte eine männliche Stimme schroff: „Bist du Gerda? Ich habe gehört, du suchst einen Mann?" Gerda war geschockt und fragte, wer dort sei. Sie erfuhr von dem Mann, dass eine Freundin gesagt habe, dass Gerda einen Partner suchen würde und ihm Gerdas Telefonnummer gegeben habe. Bevor Gerda etwas antworten konnte, sagte er: „Wir treffen uns morgen früh um neun Uhr auf dem hiesigem Bahnhof bei dir. Ich habe kein Auto." Danach legte er auf. Gerda wusste gar nicht, was sie davon halten sollte.

Weil sie sowieso am nächsten Tag in die Stadt musste, wollte sie am Bahnhof nach dem merkwürdigen Menschen schauen.

Am nächsten Morgen ging sie am Bahnhof spazieren und sah sich unauffällig um. Es waren viele Menschen unterwegs. An einer Wand des Bahnhofgebäudes sah sie einen Mann mit einem Mischlingshund. Er beobachtete einige Personen. Insgeheim hoffte Gerda, dass es nicht der Anrufer war. Sie erblickte noch einen anderen Mann, der aber nur schüchtern um die Hausecke sah.

Gerda wurde es mit der Zeit zu dumm und sie ging zur Litfaßsäule. Sie sah sich die Werbung an.

Nach einer Weile kam der Mann mit dem Mischlingshund auf sie zu. Im Schlepptau hatte er den Mann, der um die Hausecke sah.

Der Mann mit dem Hund sprach Gerda an und fragte: „"Hallo, bist Gerda? Ich habe dich gestern angerufen." Sie musterte ihn ratlos. Er sah ungepflegt aus und ein gutes Benehmen hatte er auch nicht, wie Gerda schon am Telefon bemerkt hatte. Er sagte, dass er Hans sei und sein Freund Atze, der neben ihm stand, eine Frau suche. Gerda sah Atze nachdenklich an. Er hatte gewellte blonde Haare, schlechte Zähne und einen Ring im Ohr. Er sagte nichts. Hans sagte, dass sein Kumpel sehr schüchtern wäre.

Nun wollte Gerda wissen, wie Hans zu ihrer Telefonnummer gekommen war. Er erzählte, dass er mit

Freunden bei der Arbeiterwohlfahrt zum Mittagessen war. Carla saß mit am Tisch. Als sie hörte, dass Atze eine Frau suche, gab sie die Telefonnummer von Gerda heraus. Gerda war geschockt. Carla hatte es bestimmt gut gemeint, aber auf solche Herrenbekanntschaften konnte Gerda gern verzichten.

Der Millionär

Marion wollte endlich leben. Deshalb suchte sie nach speziellen Anzeigen. Schließlich fand sie eine entsprechende, anspruchsvolle Anzeige und schrieb einen Brief. Dort gab sie auch ihre Telefonnummer an.

Eines Morgens bekam sie einen Anruf mit einer Einladung zu einem Sektfrühstück am Swimmingpool. Daraufhin rasierte sie sich die Beine. Schließlich wollte sie im Swimmingpool baden. Da sie mit der Rasur etwas unbeholfen war, schnitt sie sich aus versehen mehrmals. Aber was soll es, einfach Pflaster auf die Stelle und die Jeans darüber gezogen. Dazu eine Bluse. Alles wird gut.

Nachdem sie die Kinder in die Schule gebracht hatte, schwang sie sich in ihren kleinen Flitzer und fuhr in die

Großstadt. Dort wohnte der Geschäftsmann im Eigenheim.

Da das Auto schon einige Beulen aufwies, stellte sie es nicht direkt vor das Haus, sondern um die Straßenecke. Schließlich wollte sie einen positiven Eindruck machen. Endlich einer mit Geld. Der konnte sie sicher ausführen und verwöhnen.

Der Herr stellte sich als Ewald vor. Er war eine große und stattliche Erscheinung. Er bat Marion ins Haus. Sie sollte es sich im Swimmingpool bequem machen.

Inzwischen kochte er Kaffee und bereitete das Frühstück vor. Er nannte es Brunch. Marion war happy. Während er in der Küche hantierte, zog sich Marion aus. Sie trug nur noch den extra dafür neu gekauften Bikini.

Als sie im Pool planschte, vergaß sie das Pflaster. Nach einer Weile sah sie es auf dem Wasser schwimmen. Sie näherte sich diesem Etwas. Unbemerkt fischte sie es heraus und versteckte es heimlich im Gras.

Kurz darauf kam Ewald aus dem Haus und brachte auf einem Tablett Kaffee und Knabberei. Marion war völlig fasziniert. Es war eine andere Welt. Ihr war es völlig egal, dass sie sich mit einem unbekannten Mann in seinem Haus traf. Sie wollte endlich Spaß mit einem Millionär.

Bei dem anschließenden Gespräch war sie von seiner Art total begeistert. Er schien viel gereist zu sein, was Marion auch bewunderte.

Warum immer nur Kinder und Haushalt? Endlich reisen und Freude am Leben. Das sollte in Zukunft ihr Leben sein. Sie blieb bei ihm und bis zum Abend ließ sich verwöhnen. Erst mitten in der Nacht war sie wieder zu Hause.

Ganz wie ein vornehmer Herr sagte er ihr, dass er sich melden würde. Für ihn war es einfach ein guter Abgang. Marion machte sich allerdings Hoffnung auf ein wunderbares Leben mit Geld und Reisen.

Sie wartete ständig auf seinen Anruf. Täglich rief sie bei ihm an und fragte, ob er noch Interesse an ihr hätte. Was sollte er nur sagen? So blieb er nett und höflich am Telefon und sagte ihr, dass er im Moment wenig Zeit hätte.

Da er Marion nicht direkt absagte, wartete Sie weiter, renovierte für ihren Millionär sogar die Wohnung und träumte von ihm.

Bei jedem Anruf teilte er mit, dass er keine Zeit hätte und sich wieder melden würde. Beim letzten Anruf teilte er mit, dass er für längere Zeit Urlaub in Dubai machen würde. Allerdings ohne Marion. Für sie brach eine Welt zusammen. Es wäre so schön gewesen, Partys zu feiern und weltmännisch leben zu können. Zwar war sie im Moment enttäuscht, aber sie würde nicht aufgeben. Es wird noch andere reiche Männer geben. Und - das Alter spielt ja bei reichen Leuten keine Rolle.

Das Internet

Ich habe im letzten Jahr im Herbst von meinem ältesten Sohn einen alten Computer angeschlossen bekommen. Natürlich war ich als Single auch etwas neugierig auf die Computerwelt und meldete mich dort an.

So wollte ich neue Menschen kennen lernen und spielte mit dem Gedanken, vielleicht auf IHN zu treffen. Seit einiger Zeit lebe ich ja allein. Einer der ersten Herren warnte mich sofort vor all den anderen Bösewichtern, die im Internet so herumlungern. Ich bedankte mich auch sehr brav und er blieb auch die ganze Zeit über mein Wächter mit guten Ratschlägen.

Ein anderer Herr rollte seinen ganzen Stammbaum bis weit ins Mittelalter auf und präsentierte sich mit vielen sozialen Aktivitäten. Leider konnte er mich nicht beeindrucken. Ein Fotograf aus München präsentierte mir alle seine Seiten, auf denen ich ihn finden könnte. Leider musste ich ihm mitteilen, dass ich der englischen Sprache nicht mächtig sei, worauf er meinte, auf Deutsch geht das auch.

Dann kamen die großen Dichter, Denker und Philosophen. Ich musste aber immer wieder erklären, dass ich nur eine ganz, ganz einfache Frau bin. Die Polizisten aus der Schweiz und Deutschland wollten mich in einem fort beschützen. Einer von ihnen hatte mich schon weltweit gesucht! Ein musisch Begabter schickte mir ein Klavierkonzert. Leider konnte ich es nicht hören, da mein Computer und der Monitor zu alt waren.

Ein anderer wirklich netter Mann war ein Heiler, der Hände auflegte. Er schickte mir jeden Tag einen kleinen Kartengruß, was mich auch sehr erfreute. Darin bat er mich, mir wenigstens einen Termin zu geben, damit er seine Hände auf meinen Körper legen könne. Eines Tages jedoch brach er den Kontakt ab. Vielleicht war er erkrankt.

Dann gab es noch die Herren der Geschäftswelt. Meine Antwort war „blocken" oder wie man das Blockieren im Internet nennt? Aber mein größter Favorit war der Mann aus meinem letzten Leben. Er hatte schon in seinem früheren Leben auf mich gewartet. In diesem wartete er auch schon immer auf mich. Wir würden ja auch nach dem chinesischen Horoskop so gut zusammen passen. Er war ein „Hund" – und ich ein „Tiger"

Ich schrieb ihm, dann wisse er ja auch, dass der Tiger ein Einzelkämpfer ist und ich wisse auch nicht so recht, worüber ich ihm so schreiben soll. Dann fing er an, an mir herum zu maulen, wie „schlechtes Karma" oder so. Ich wusste nur nicht, ob er seins oder meins meinte. Und – als ich höflich mein Karma hinterfragen wollte, wurde er richtig übellaunig. Danach machte ich mit ihm Schluss. Ich bloggte ihm ins Netz: „Bis zum nächsten Leben. Vielleicht bessert sich das Karma. In diesem Leben jedenfalls meines nicht", erklärte ich ihm.

Der jüngere Mann

Meine Freundin und haben, wir haben uns auf einer Singleseite angemeldet und hatten dort fast jeden Abend bei einer Flasche Wein sehr viel Spaß.

Dort gibt es Männer, die jeder Frau dasselbe schreiben und die absolut keine Ahnung haben, wie sie eine Frau sinnvoll anschreiben können. Es sind die Männer, die die Nase voll haben von den Frauen und auch gar nicht wirklich wissen, was sie eigentlich suchen. Andere, die nur auf das „Eine" aus sind und das auch offen zugeben. Es gibt auch Herren, die wirklich ernsthaft eine Frau oder Freundin suchen. Genau mit so einem habe ich mich an einem Samstagnachmittag getroffen. Das Date verlief viel besser, als andere. Für mich gab es nur das Problem, dass er sieben Jahre jünger war als ich und er sehr weit entfernt wohnte.

Er hat die ganze Zeit über seinen Job geredet und hat mich kaum zu Wort kommen lassen. Nach dem Treffen sind wir am Ende in ein Internetcafe gegangen. Dort hat er doch tatsächlich einen PC angemacht und nach E-Mails geschaut.

Ich dachte mir, dass ich wohl nicht sein Typ wäre und bin vom Gang auf die Toilette nicht mehr zu ihm gegangen. Er hätte mich sowieso nicht bemerkt. Unablässig starrte er auf den Bildschirm. Ohne mich zu verabschieden, nahm ich meine Jacke und Tasche und bin zu mir nach Hause gefahren. Am nächsten Tag schrieb er mir Unmengen an Mails und wollte wissen, was denn los gewesen sei. Ich habe aber nicht geantwortet. Das war mir einfach zu blöd. Der machte nichts aus seiner Jugend. Also unterm Strich war da wieder nichts.

Die scharfen Bräute

Ich habe mich einige Zeit in Chats aufgehalten. Ein wenig Abwechslung konnte ja nicht schaden. So habe ich dort jemanden kennengelernt. Er stellte sich als Rudi vor und die ersten Tage schrieben wir uns Mails hin und her. Im Chat wirkte er nett und irgendwie gebildet. Gegen Abend hatte ich keine Lust mehr vor dem Bildschirm zu sitzen.

Die Kinder schliefen bei meinen Eltern und ich wollte wenigstens am Wochenende ausgehen.

Da mich Rudi einlud, entschied ich mich, bei ihm zu Hause etwas zu trinken und mich etwas zu unterhalten. Eine Stunde später stand ich bei ihm vor der Wohnungstür. Nachdem ich geklingelt hatte, öffnete sich die Tür. Vor mir stand ein ungepflegter Rudi mit schnodderiger Jeans und blauem Karohemd. Die Sachen hingen halb aus der Hose und waren schief geknöpft. Das Schlimmste aber war, er stand barfuß vor mir! Ich sah entsetzt auf seine Zehennägel, welche sicher schon ewig nicht mehr gepflegt worden sind. Mich schüttelt es heute noch, wenn ich daran denke.

Ich hatte mir schon eine Ausrede überlegt, um mich schnell wieder in mein Auto setzen zu können und nach Hause zu fahren. Er sagte: „Komm rein", und öffnete die Tür ganz. Das Aussehen sollte ja unter Usern zweitrangig sein. Es konnte ja nicht schaden, sich einfach zu unterhalten.

So betrat ich doch seine Wohnung. Als ich im Wohnzimmer Platz genommen hatte, wurden mir von Rudi Getränke angeboten. So hatte ich die Auswahl zwischen etwas länger stehendem offenen Wein oder einem Glas Tee in einem blinden Glas. Er setzte sich zu mir und fragte mich, ob ich von ihm enttäuscht sei? Ich sei ja so zurückhaltend.

Ich erwiderte locker: „Ich will dich nicht heiraten, worüber sollte ich enttäuscht sein?" So überlegte ich mir, wie ich ihm am besten erklären konnte, was ich von ihm hielt. Später überlegte ich es mir aber anders, weil ich nicht wusste, wie ich es sagen sollte.

Als ich an meinem Tee nippte, legte er seinen Arm lässig auf die Lehne und verkündete: „Jetzt werde ich dich küssen." Vor Schreck verschluckte ich mich am Tee und bekam einen Hustenanfall. Verdutzt fragte ich nur: „Was willst du?"

Als er mir zu nahe gerückt war, bin ich vom Sofa gefallen. Ich brachte nur stotternd hervor: „Sorry, ich mag dich nicht küssen."

Er fragte: „Ja, warum bist du denn dann überhaupt hier?" Ja, warum war ich eigentlich bei ihm? Ich sagte, dass ich nur ein nettes Gespräch mit ihm gesucht hätte. Er erlaubte mir noch seinen Tee auszutrinken, eine Zigarette zu rauchen und danach sollte ich seine Wohnung verlassen. Er wolle seine kostbare Zeit nicht mit prüden Frauen wie mich verbringen. Er hätte nur Zeit für scharfe Bräute.

Völlig verdattert fuhr ich also wieder zu mir nach Hause. Ich stand vor dem Spiegel und bekam plötzlich einen Lachanfall. Oh man, was habe ich mir nur bei diesem Kerl gedacht? So kann man sich im Internet doch irren.

Schlappohr und Zechpreller

In der Disco ist heute Rosenball. Die emanzipierte Frau bekommt eine Rose, wenn sie einen Mann zum tanzen auffordert. Menschen drängen sich dicht an dicht. Blicke werden gewechselt. „Ich will deine Tränen weinen", stöhnt es aus den Lautsprecherboxen.

Heute ist Damenwahl. Die Frauen haben sich auf die Männer zu stürzen. Heute wollen wir emanzipiert sein und aus diesem Lokal eine Achterbahn machen. Ja, heute wollen wir etwas losmachen, und wenn es nur Hosenträger der Männer sind.

Ellen sagt: „Der Mann an der Bar gefällt mir." Wir taxieren und schätzen ihn ein.

Einer der Männer kommt auf unseren Tisch zu. „Aha",
denken wir. Aber - er schnappt sich nur ein paar
Salzstangen und geht weiter. Nachdem er das wiederholt
hatte, überlegte ich mir, ob ich ihm den Rest der
Salzstangen persönlich bringen soll. Ellen fasst Mut,
steht auf und versucht einen rundlichen Mann zum
Tanzen aufzufordern. Er sagte, dass er nicht tanzen
kann. Er sitzt lieber an der Bar und schlürft sein Bierchen.
Neben ihm sitzt ein sehr korrekter, steifer Herr im
gestreiften Anzug. Seine Blicke treffen auf uns und rollen
an uns vorbei.

Jemand tippt mir auf die Schulter. „Aha", denke ich. Aber
es ist eine junge Dame. „Haben Sie vielleicht eine
Schmerztablette? Meine Freundin bekommt einen
Weisheitszahn." Sehe ich vielleicht wie eine
Krankenschwester? dachte ich.

„Wahnsinn, dich so rücksichtslos zu lieben!" brüllt es aus
den Boxen.

Wir setzen uns an die Bar. Neben mir sitzt eine ältere
Dame. Sie trägt ein großes Glas Wein in der Hand. Der
Blick ihrer Augen ist verschwommen. Sie mustert mich
von der Seite. Anscheinend sucht sie eine
Gesprächspartnerin.

„Die Männer sind auch nicht mehr das, was sie mal waren", sagt sie unvermittelt. Ein kluger Satz.

Ich nicke zustimmend.

„Früher war das anders. Da habe ich nicht eine Minute am Tisch gesessen. Den ganzen Abend habe ich getanzt!", fährt sie ermutigt fort. Sie unterstreicht ihre Ausführungen mit großzügigen Gesten und tippt mir dabei auf die Schulter. Bevor ich ihr antworten kann, stürzt sie den Rest des Weines in sich hinein und bestellt sich ein neues Glas.

Ich nicke ihr aufmunternd zu und bestätige ihre lauten Ausführungen. Darauf hat sie nur gewartet. Nun erzählt sie mir von dem Mann, um den es wirklich geht. Er war „ihr Mann". Zweiundzwanzig Jahre lang ist es gut gegangen zwischen den beiden. Jetzt „läuft" nichts mehr. Darum sitzt sie nun hier, mit glasigem Blick und sie schüttet nochmals ein großes Glas Wein in sich hinein. Ein junger Mann kommt aus dem Dunkel. Er umarmt sie herzlich. Wenig später ist sie mit ihm verschwunden. Liebeskummer lohnt sich nicht....

Renate, meine Freundin fasst nun ebenfalls Mut und fordert einen jungen blonden Mann zum Tanz auf. Die

Zwei verschwinden im Gedränge der Tanzfläche. Ein Walzer dröhnt in meinen Ohren.

„Du musst nun auch einen Mann zum Tanzen auffordern", stichelte Ellen.

Ich sehe mich um. Karierte, gestreifte, graue, silberne und schwarze Herren füllen das Lokal. Männer mit und ohne Bart. Männer mit und ohne Glatze. Große Männer, kleine Männer. Das Angebot ist größer als die Nachfrage. Doch mein Herz spricht nicht, und meine Blicke treffen auch nicht in feurige Augen, die mich verbrennen könnten. Meine Nerven vibrieren nicht beim Anblick des Mannes dort vorn. Groß blond und hinreißend angezogen, steht er an der Bar. Ich sehe aber, dass er heimlich in der Nase bohrt. Jeder Sinn für Romantik geht mir ab.

Renate flirtet indessen ungeniert mit dem großen Blonden und nun wird auch Ellen von einem sehr schlappohrigen Herrn zum Tanz aufgefordert. Ja, die Luftwaffe treibt sich überall herum.

Das Publikum ist merklich kleiner geworden. Man kann sogar tanzen, ohne einander auf die Füße zu treten. Ellen kommt bald wieder zurück. Auch Renate scheint ausgeflirtet zu haben. Wir beschließen nach Hause zu gehen. Der Abend war sehr interessant.

Noch wissen wir nicht, dass eine Steigerung möglich ist. Herr Schlappohr beschließt, uns zum Auto zu begleiten. Wir sind schon an der Tür, als uns der Kellner nach stürmt. Er will von Renate wissen, wo der Herr ist, der mit ihr an der Bar gesessen hat?

„Der Herr ist nach Hause gegangen", sagt Renate verblüfft. Der Herr habe seine Zeche nicht bezahlt, sagt der Kellner und mustert Renate vorwurfsvoll. Renate bezahlt mit rotem Gesicht. Sie dachte, das hätte der Herr erledigt. Schlappohr sagt, man sollte sich die Leute besser anschauen, mit denen man sich zusammensetzt. Ellen versucht, ihn abzuwimmeln, was nicht einfach ist. Er hat in ihr die Frau fürs Leben gefunden, wie er immer wieder betont.

Als es ihr endlich gelungen ist ihn loszuwerden, steigen wir erleichtert ins Auto. Es wird eine aufregende Nachtfahrt. Herr Schlappohr verfolgt uns. Renate sieht ihn schon bei uns zu Hause durch den Garten schleichen, uns auflauern, überfallen, uns vergewaltigen. Verzweifelt wendet sie das Auto und stellt den Wagen ohne Licht auf einen Parkplatz. Anscheinend hat Herr

Schlappohr dadurch die Orientierung verloren. Wir haben weder ihn, noch den schönen Zechpreller jemals wieder gesehen. Aber wir sind um eine Erfahrung reicher geworden. Beim Rosenball werden wir wohl nicht den Mann aller Männer finden wollen.

Der Beamte

Als ich den ersten Brief des Beamten in den Händen hielt, klopfte mein Herz laut und heftig. Meine Knie zitterten und ich schleppte mich langsam die Treppen zu meiner Wohnung hinauf. Dort setzte ich mich in das öde Wohnzimmer und öffnete mit zitternden Fingern das Kuvert. Eine lose eingelegte Fotografie fiel mir entgegen. Sie zeigte einen dunkelhaarigen Mann, dessen Gesicht ein breites Grinsen überzog, während er versuchte sich die Jeans anzuziehen. Die gelbe Unterhose und ein Stück seines Knies blitzten frech in die Kamera. Aber sein Hintern war nicht gegen den Betrachter gerichtet. Nein, man konnte aus diesem Bild nichts Eindeutiges ableiten.

Vielleicht würde sich jetzt, da ich eine Antwort auf meine Bekanntschaftsanzeige bekommen hatte, mein Leben schlagartig ändern. Die Männer, die ich hier in der Stadt kennen gelernt hatte, waren entweder verheiratet oder geschieden und somit gebrandmarkt für den Rest ihres Lebens. Das dumpfe Gefühl, abgestellt und für immer ungeliebt zu sein, wollte sich in mein Gemüt einschleichen.

Aber ich trotzte meinem Schicksal und der Aussage:" Einen Mann über eine Anzeige zu suchen, ist wie das Spiel „Mensch ärgere dich nicht". Entweder du kickst raus, oder du wirst raus gekickt. Also setzte ich mich voller Hoffnung an meine Schreibmaschine und schrieb eine Antwort, der ich ebenfalls ein Bild beilegte. Leider hatte ich kein so schönes Foto wie er anzubieten. Aber, mein Konterfei würde ihm trotzdem gefallen, dachte ich mir und schickte sofort meinen Brief ab.

Schon sein zweiter Brief floss über von Liebesschwüren. Im dritten beteuerte er: „Ich denke Tag und Nacht an dich. Dein Bild ist mein ständiger Begleiter. Wenn wir uns sehen, werden wir das Gefühl haben, vom Blitz getroffen zu werden. Leider bin ich noch verheiratet, aber nicht mehr lange. Ich will eine ernsthafte Beziehung aufbauen."

Seine beschwörenden Zeilen machten mich unsicher. Gab es wirklich Liebe auf den ersten Brief? Eine Woche später erwachte ich im Morgengrauen mit einem schalen Geschmack im Mund. Die Turmuhr der nahen Kirche schlug sieben blecherne Schläge, die mir zu Bewusstsein brachten: „Heute kommt mein glühender Verehrer."

Langsam setzte ich die Beine auf den Boden, stand auf und betrachtete mein Spiegelbild. Meine Haare standen als borstig vom Kopf ab. Mein Schlafanzug hing wie ein alter Lappen um meine Beine und dem Po.

„Hätte der Beamte ein solches Bild von mir, würde er es bestimmt nicht mit sich herumtragen", dachte ich. Nach zehn schmachtenden Liebesbriefen war eine gewisse Gelassenheit, gepaart mit einem gesunden Misstrauen bei mir eingetreten. Trotzdem hatte ich mich entschlossen, diesen Mann anzusehen.

Ein paar Stunden später standen wir auf einem Aussichtsturm und ich zeigte ihm die Stadt. Er war pünktlich gekommen. Eine Rose voran. Sein Lächeln war spitzbübisch, herausfordernd und nett. Auch sein Redefluss war nicht zu stoppen. Die Worte plätscherten wie eine unversiegbare Quelle aus seinem Mund und erschlugen mich fast. Er wartete bestimmt darauf, dass der „Kick" kam, die „Chemie" stimmte und wir vom Blitz getroffen wurden. Aber, die Aussichten auf einen Blitz aus heiterem Himmel waren sehr gering.

Auch Beamte sind nur Menschen. Nach einem gemeinsamen Essen und einer Tasse Kaffee fuhr er wieder nach Hause. Der Tag endete, wie er begonnen hatte, mit einem schalen Geschmack im Mund.

Täglich gibt es auf Deutschlands Straßen Verkehrsunfälle. So manches Schicksal wird in Folge des Zusammenstoßens zweier Blechteile auf Rädern entschieden. Auch der Beamte hatte einen Unfall. Ich werde ihn niemals wieder sehen. Der Blitz schlug bei ihm ein. Der Kick kam und die Chemie stimmte. Auch das Auto seiner Kontrahentin war schwer beschädigt. Er hatte sich sofort in sie verliebt. Das schrieb er mir in seinem letzten Brief. So musste es zum Zusammenstoß kommen. Er hatte es zu eilig gehabt.

Begegnung im Supermarkt

Da stehst du also und schaust mich an. Ich presse mühsam die Lippen zusammen, um nicht laut zu lachen. Du bist Metzger geworden. Zwischen uns türmen sich Berge von Koteletts und kaltem Braten, Würstchen und Fleischsalat. Deine Figur hat sich den Gegebenheiten angepasst. Rund, aber handlich. Wenn Du Dich bückst, scheint es, als ob dein Bauch dich für immer nach unten ziehen wollte.

Irgendwann, vor vielen Jahren warst *Du* schlank. Damals hatten wir ein kleines Techtelmechtel miteinander. Nur eine kurze Episode in unser beider Leben. Du bist nun verheiratet und ich nicht mehr. Damals war es umgekehrt.

„Hast Du Geschnetzeltes da?", frage ich. Ja.- vom Schwein.- oder...besser vom Rind?, fragen die kleinen Äuglein. Sie zwinkern scheu in deinem Gesicht. Der dichte Schnurrbart hängt über das Kinn. Du siehst wie ein Walross aus.

„Vom Schwein", bestätige ich und muss einen plötzlich aufsteigenden Lachreiz unterdrücken.

Wären Du gehst, um das Fleisch zu holen überlege ich mir, was mir früher an dir gefallen hat.

Fischstäbchen und Pommes brauche ich auch noch, überlegte ich laut. Er nickt mir zu und „wirft" einen Blick in die Richtung des Gewünschten. Es will mir nicht gelingen, mich selbst und meine Motive für diese eine Nacht mit dir zu verstehen. Warum habe ich nur damals mit dir….? Ja sicher, ich war allein. Mein Mann war selten für mich da. Viele andere Dinge waren ihm wichtiger als ich.

„Batterien für das Radio brauche ich auch noch. Und den Köder für das Ungeziefer darf ich nicht vergessen.", sage ich. Er tippt mit dem ausgestreckten Finger in die Richtung und wendete sich wieder dem Geschnetzelten zu. Aber warum ich ausgerechnet meinen Mann mit dem hier hinter der Fleischtheke stehenden betrogen habe, verstehe ich heute nicht mehr.

„Darf es ein bisschen mehr sein?", hör ich meinen Metzger fragen.

„Nein danke, es reicht", antworte ich spontan. Du nimmst mit höflich verzerrtem Gesicht fünf Fleischstücke zurück.

Ich möchte gerne wissen, warum Du mir nicht in die Augen sehen kannst. Flirten will ich mit dir bestimmt nicht. Mensch Junge, das alles ist schon lange vorbei und erzählt habe ich es auch niemanden. Oder dachtest du etwa, du hättest mich in Schande zurückgelassen?

„Gib mir bitte noch zwei Scheiben Leber", sage ich.

Schuhcreme muss ich auch noch kaufen, das müsste dann alles sein, schoss mir durch den Kopf.

„Ist das alles?", fragst du.

„Ja, mehr brauche ich nicht von dir", antwortete ich. Das Fleisch kommt in den Einkaufswagen und ich mache mich jetzt auf die Suche nach dem Köder für das Ungeziefer.

Die Nadel im Heuhaufen

Zuweilen habe ich das Bedürfnis, mein Singledasein zu beenden. In diesem Zustand befällt mich dann die verwegene Idee, ein Inserat in einer beliebten Tageszeitung aufzugeben. So zum Beispiel „Junggebliebene schlanke Frau sucht Nadel im Heuhaufen für glückliche Beziehung." Ich bekam 47 Zuschriften und musste wirklich staunen, wer sich alles als besagte Nadel angesprochen fühlte. Also, wenn es so viele Nadeln im Heuhaufen gäbe, wäre Heu als Tierfutter äußerst bedenklich.

Erwartungsfroh fischte ich mir einige Nadeln heraus, mit denen ich Kontakt aufnehmen wollte. Obwohl jede Nadel eine Sonderanfertigung war, hatten sie doch einiges gemeinsam: Sie wollten alle jünger aussehen, waren tageslichttauglich bzw. vorzeigbar kein Opatyp. Auffällig war auch, dass sie, nachdem sie die Größenangaben in ihrem Bewerbungsschreiben an mich zu Papier gebracht hatten, um einiges geschrumpft sein müssen. Reklamierte ich bei der Gegenüberstellung diese Differenz, erfuhr ich: „So stehts im Ausweis!" Eine weit verbreitete Rechtfertigung, wie mir scheint. Bloß gut, dass es mir erspart blieb, andre Zentimeterangaben auf ihre Richtigkeit zu überprüfen.

Einige Nadeltypen möchte ich nun etwas näher beleuchten.

Nadel 1 kam aus MEK. Das will ja noch nichts heißen. Sein Brief war beeindruckend, so sogar viel versprechend. Tolle Handschrift, tadellose Orthografie, der Ausdruck brillant. Zwar schrieb er, er wohne im Wald, wäre aber Erfinder, Journalist und Künstler mit ausdauernden Händen.

Ich verabredete mich mit ihm an einem Sonntagnachmittag. Als ich mich dem Treffpunkt näherte, hüpfte ein durchwachsenes Männchen in kurzer Hose freudig auf mich zu und begrüßte mich stürmisch.

Eigentlich war mir da schon klar, dass diese Hände ihre Ausdauer an mir nicht erproben würden. Trotz dieser Erkenntnis schlenderte ich mit ihm dahin und lauschte amüsiert seiner Selbstdarstellung. Vertrauensselig erwähnte er, dass er seine Behausung im Wald zeitweise notorischen Fremdgängern überlassen würde. Stopfnadel, schoss es mir durch den Kopf. Da geht es drunter und drüber. Als Krönung berichtete er stolz, er wäre auch Begutachter von Swingerclubs und seine begehrten Artikel erschienen in einschlägigen Blättern der Szene. Gelungener konnte seine Starthilfe für meinen ruhmreichen Rückzug gar nicht sein.

Das erste Rendezvous mit Nadel zwei erfolgte in einem renommierten Cafè. Ich fand ihn zunächst ganz nett. Nachdem ich seinen übereilten Kniekontakt unter dem Tisch nicht so ernst genommen hatte, erklärte ich mich bereit, am folgenden Wochenende seinen Landsitz zu besichtigen.

Couragiert hielt ich die Verabredung dann auch ein. Das Anwesen gefiel mir ausgesprochen gut. Ruhig gelegen, Schlossblick, Golfplatz- feine Gegend.

Von daher dachte ich, es muss ja nicht immer Rosamunde Pilcher sein. Aber im Haus warnten mich dann bereits einige rote Ampeln.

Während mich Nadel zwei durch die Räume führte, gestand er mir, dass ihn seine getrennt lebende Ehefrau bei der Suche nach einer potentiellen Nachfolgerin großzügig unterstützen würde. Bis diese Bemühungen von Erfolg gekrönt sein könnten, griff sie ihm bei Bedarf kameradschaftlich unter die kraftlosen Arme. Das leuchtete mir auch sofort ein, bei diesen aufwändig drapierten Dreckfängergardinen. Obwohl er seinen fetten Kater mehrfach innig aufs rosige Mäulchen küsste, hatte er die feste Absicht, schon nach unserer zweiten Begegnung mit mir „etwas aufzubauen", weil er sein Leben allein nicht in den Griff bekäme.

Der Kater hatte übrigens sein Domizil im untersten Fach des Wäscheschrankes und träumte nachts in der bisweilen verwaisten Hälfte des Ehebettes.

Ins Freie durfte er nur in Begleitung Erwachsener. Ich war völlig entromantisiert als mir Nadel zwei vorrechnete, in welcher Zeit er mit mir sein marodes Bad auf Vordermann bringen könnte. Die sich darin aufdringlich breitmachenden diversen Parfümflacons flüsterten mir zu: Sag beim Abschied leise servus.

Das Schicksal wollte es, dass die besorgte Nochehehälfte während meiner Nochanwesenheit anrief, sich aber zunächst nur über das Befinden des Katers erkundigte. Mehrfach gewarnt kam ich erleichtert zur Feststellung: Häkelnadel, alles Luftmaschen!

Nadel drei hatte ein unumstößliches Konzept für eine „richtige" Beziehung. Er machte mir sofort klar, wie der Hase zu laufen hatte. Für ihn gab es nur Nähe rund um die Uhr und zwar von Anfang an. Also, nur ER und ICH zu einem WIR mittels Sekundenkleber vereint. Bisherigen Hobbys und Kontakte im Alleingang hatte ich spornstreichs zu entsagen, da ich ja an ihm klebend, viel schöneres erleben würde. Leibeigenschaft auf höchstem Niveau sozusagen. Die Worte „Freiraum" und „Unabhängigkeit" oder gar die Formulierung „Distanz schafft Nähe" brachten ihn zur Weißglut. Dabei funkelten seine Augen gefährlich hinter seinen starken Brillengläsern. Er war dem Irrglauben verfallen, die Frauen zu verstehen und versicherte mir, seine bisherigen Gespielinnen wären mit ihm sehr zufrieden gewesen.

Er lobte seine Großzügigkeit, sein soziales Denken und bekannte sich zu überdurchschnittlicher Feinfühligkeit.

Stecknadel, wagte ich zu denken. Oder Sicherheitsnadel? Jedenfalls war er von der Richtigkeit seiner Ansichten so überzeugt, dass er bei seinen folgenschweren Ausführungen vor sich selbst stramm stand. Bei ihm hätte ich mir wahrscheinlich nie mehr Sorgen wegen einer zu hohen Heizkostenabrechnung machen müssen. Aber mir wird jetzt noch schlecht, wenn ich mir vorstelle, was mir als personengebundenes Nadelkissen alles geblüht hätte.

Der Gigolo

Es gibt ja bekanntlich mehrere Wege einen Partner zu suchen. So versuchte es Karin über einen Radiosender. Und siehe da, es meldete sich Klaus. Er wohnte auch in einem Nachbarort. Am Telefon erzählte Klaus ihr, dass er früher in richtiger Gigolo gewesen sei und ihm die Frauen scharenweise hinterher liefen. Seine Frau hätte ihn verlassen und nun wohne er in einem großen Haus mit vielen Tieren. „Na so etwas", dachte sich Karin. Das war ja eine Selbstdarstellung. Sie hatte Klaus in Gedanken schon abgeschrieben.

Er war allerdings sehr hartnäckig und rief Karin täglich spät abends an. Er erzählte ihr von seinen frivolen Vorstellungen und Ideen. Klaus hörte einfach nicht auf und nervte.

Eines Tages erzählte Karin einer Freundin von diesem gewissen Galan. Diese riet ihr: „Triff dich mit ihm. Dann hast du Ruhe."

Karin wollte nicht, dass Klaus bei ihr zu Hause eintraf. Also verabredeten sie sich auf einem Parkplatz in der Nähe ihrer Wohnungstür. Er sagte ihr, dass er sich von einem Nachbarn ein kleines weißes Auto leihen würde. Das waren doch einmal Aussichten.

Mit bösen Vorahnungen setzte sich Karin in ihren Toyota und fuhr zu dem Treffpunkt. Kaum traf sie ein, sah sie ein altes Auto und suchende Augen des selbst benannten Gigolos. Karin gab sich zu erkennen und gab mit Handzeichen zu verstehen, dass er ihr mit dem Auto folgen sollte.

Sie lotste ihn an das andere Ende ihres Wohnortes. Dort stellte Karin das Auto auf den freien Parkplatz des E-Centers. Klaus gesellte sich dazu. Als er ausstieg, musterte Karin ihn von oben bis unten. Einen Gigolo hatte sie sich irgendwie anderes vorgestellt. Die Haaren waren etwas länger und ergraut. Die Haut war total faltig. Bekleidet war er mit einem alten braunen Anorak, zerknitterten Jean und Arbeitsschuhe.

Gemeinsam gingen sie in das Einkaufszentrum, wo sie sich in ein Bistro setzten. Für Karin war schon klar, dass sie nur ein Glas Mineralwasser trinken wollte und dann nichts wie weg.

Am Nebentisch saß ein älteres Pärchen. Die Dame hatte kaum Zähne im Mund und eine blaue selbstgestrickte Mütze auf dem Kopf. Ständig sahen sie zu unserem

Tisch hinüber. Klaus zog seinen Anorak aus und zum Vorschein kam ein buntes Angeberhemd, welches leicht aufgeknöpft war. Dabei stellte er seine graue Brustbehaarung zur Schau. Am Hals prangte ein Goldkettchen. Klaus bestellte für sich einen Kaffee, erzählte von sich und schwärmte von seinem Ego.

Die zahnlose Dame versuchte eine bestellte Bockwurst zu essen, was nicht so einfach war. Plötzlich sagte Klaus: „Sieh mal, so geht es auch", und meinte die Dame, die versuchte, das Wurstinnere aus der Pelle zu saugen.

Karin hatte genug, gab Klaus die Hand und wollte sich von ihm verabschieden. Er war wohl so einen Abschied nicht gewohnt und fragte mich: „ Wo willst du hin?" Karin entgegnete darauf: „ Na zu mir nach Hause. Das allerdings allein."

„Ich dachte, dass ich mit zu dir komme und etwas Spass haben?"

Karin hätte fast laut gelacht und antwortet nur, dass er sich besser eine gleichgesinnte Dame suchen sollte. Anschließen stieg sie in ihr Auto und fuhr nach Hause. Es geht nichts über eine gute Selbstdarstellung.

Eine glückliche Familie

Es war im Winter 1986. Schon lange hatte ich bei der Arbeit den jungen Mann mit den rabenschwarzen Haaren und dem dunklen Teint bemerkt. Aber hatte er auch mich bemerkt? Leider nicht.

Doch dann war unsere erste FDJ-Versammlung. Frank war auch da. Zuerst haben wir in der Versammlung nur „Unfug" gemacht und geflirtet. Dann erzählte er mir, dass er Fußball spielte. Am Wochenende sollte er in meinem Wohnort Güstrow gegen unsere Mannschaft spielen.

„Das sehe ich mir an und komme auf den Sportplatz", platzte ich heraus.

„Abgemacht", antwortete Frank. Wie im Tran drückte ich die mir entgegen gestreckte Hand. Was hatte ich da nur gesagt? Ich, auf dem Sportplatz, zum Fußball? Die Versammlung war bald zu Ende und alle gingen auseinander. Einige wohnten auswärts. Andere fuhren zurück ins Arbeiterwohnheim.

Die ganze Woche überlegte ich hin und her. Mal war ich gewillt auf den Sportplatz zu gehen. Ich sah mich in

Gedanken am Spielfeldrand stehen, umgeben von schreienden Fans.

Dann kam das Wochenende. Erst erzählte ich meinen Eltern, dass ich auf den Weihnachtsmarkt gehen würde. Von dort lief ich aber weiter zum Sportplatz. Das Spiel hatte schon begonnen und es waren gar nicht so viele Fans da. Ich stellte mich ein wenig an die Seite und trank meinen Glühwein vom Markt. Dabei schielte ich immer wieder auf den Platz und beobachtete Frank. Leider zeigte er nicht, ob er mich gesehen hatte. Sicherlich war er so auf das Spiel konzentriert.

In der Halbzeitpause gingen alle Spieler in die Kabine. Ich fühlte mich als Nichtfußballkenner sehr unwohl zwischen den anderen Leuten. Ich ging nochmals zum Weihnachtsmarkt und holte mir eine kleine Tüte mit Süßigkeiten.

Die zweite Halbzeit ging schnell zu Ende. Würde er mich jetzt beachten? Nein, wieder gingen alle Spieler in die Kabine. Sollte ich warten? Nein, jetzt muss Frank sich etwas einfallen lassen. Ich werde ihm nicht hinterher laufen. Ein wenig enttäuscht machte ich mich dann auf den Heimweg.

Tage darauf wurde bekannt, dass wir noch eine FDJ-Weihnachtsfeier machen würden. Hurra! Und tatsächlich, Frank saß den ganzen Abend neben mir und wir erzählten und erzählten über das gewonnene Fußballspiel. Gegen Morgen waren wir die Letzten, die den Saal verließen.

Bald war Weihnachtszeit. Es hieß, dass jeder zu sich nach Hause fährt. Keiner besaß ein Auto. Frank versprach mir, mich jeden Tag anzurufen. Und er tat es. Jeden Tag bekam ich zu Hause einen Anruf. Wir verabredeten uns für den 6. Januar 1987 in meinem Zimmer im Arbeiterwohnheim.

Was war ich aufgeregt, als endlich der 6. Januar heran gekommen war. Mit dem Zug fuhr ich nach Schwerin. Ich ging in das Arbeiterwohnheim. Dort wartete ich auf ein Klopfen am Fenster. Durch den Eingang kam ein Fremder am Pförtner nicht vorbei. Ein Mädchen, was zu einem jungen Mann wollte, schon gar nicht. Es klopfte endlich. Ich stieg in das Wohnheim ein.

Es wurde ein herrlicher Abend mit Kartoffelsalat und Würstchen. Es gab ein Bier für Frank und für mich ein

Piccolo Sekt. Jetzt war ich aufgeregt. Er war mein erster fester Freund.

Die nächsten Wochen waren herrlich. Wir verbrachten unsere gesamte Freizeit zusammen. Selbst im Betrieb gab es immer ständig kleine „Wiedersehen". Doch bald war ich schwanger. Was nun?
Frank reagierte gut. „Wir kriegen das hin. Wir müssen es deinen Eltern sagen", antwortete er. Und das war schwierig, da meine Eltern das bestimmt noch nicht so gerne sahen, auch wenn ich schon 21 Jahre alt war.

Bald war es soweit. Meine Eltern machten sich einen schönen Tag in Schwerin und wollten am Abend eine Bar besuchen. Zuvor wollten wir zusammen essen gehen. Meine Eltern reagierten völlig anders als erwartet. Sie freuten sich sehr und es wurde sofort angestoßen.
Am Wochenende besuchten wir meine Eltern. Mein Vater nahm den Hörer und telefonierte kurz. Dann sah er uns fest an.
„So, am 26.06.1987 in der Gaststätte „Vierburg" Plätze bestellt. Nun seht zu, dass Ihr für diesen Tag einen

Termin im Standesamt bekommt." Erst waren wir platt, aber dann – es war das Beste für uns.

Alles klappte. Unser Polterabend war riesengroß und unsere Hochzeit phantastisch. Nun stehen wir kurz vor der Silberhochzeit und haben zwei erwachsene Kinder.

Vielleicht ist das mit dem Glück in der Liebe gar nicht so kompliziert, denke ich heute. Man muss es einfach nur machen!

Auszüge aus kuriosen Anzeigen

1. Bezahle für Treffen. Suche nette, schlanke oder dünne Frau über 18 für diskrete Treffen. Behinderung oder Zahnspange ok. Aussehen egal

2. Junger Unternehmer mit Tagesfreizeit, verwöhnt am Tag Hausfrauen, Ehefrauen und Geschäftsfrauen nach ihren Wünschen

3. Mann, 52 Jahre, 1,70m und 75 g sucht eine ehrliche und treue Frau. Möchte wieder dich an meiner Seite haben.

4. Ingo, stinknormaler 08/15-Typ, mit schlechten Eigenschaften und Geschmack, sucht Frau zum Anschieben ihres Autos. Worauf wartest Du?

5. Hengst, 43 Jahre, ledig ohne Anhang, EU-Rentner, ausdauernd sucht Stute mit großer Oberweite von 50-65 Jahre für die schönste Sache der Welt und zum verreisen, ortsgebunden und Selbstverhüter.

6. Wer steht auf dominanten Glatzenträger? Suche Abenteuer oder erotische Beziehung.

7. Er, 36 Jahre mit Herz und Verstand, Tageslichttauglich. Suche reife, großzügige Dame zwischen 40 und 70 Jahre, Figur egal. Ich komme diskret zu ihnen nach Hause und verwöhne sie mit Massagen, Streicheleinheiten, franz. und GV.

8. Welche vitale Sie zwischen 60 bis 75 Jahre hat Interesse an lockerer sexueller Beziehung aus Freude an Lust. Bin 36 Jahre alt.

9. Bin 41 Jahre alt, nett und spontan. Suche Frau mit Hang zu Latex und PVC für zwanglose Treffen.

10. Jeanstup, gut aussehend, rasierte Glatze und kein Softi, sucht nette erotische Frau.

11. Gefällt Dir wenn beim Mann auch die Kopfhaut braun wird? Mann Anfang 50, sportlicher Typ mit Ecken und Kanten, mag Katzen und den blonden Typ Frau.

12. Er, 42 attraktiv, maskulin, sinnlich mit femininer Seite sucht natürliche, erzieh. und lustbezogene Genießerin für intensive und extreme Festbeziehung. Schön wäre, wenn sie meinen Tick für Nylon teilt.

13. Es ist die Herausforderung, das Extreme, nicht die Bindung, sondern eben DAS, das Leben, nicht das normale, das Eigene.

14. Habe keine Lust zum Abwaschen und bügeln mag ich auch nicht mehr. Welche liebe, nette Frau möchte mich kennen lernen.

15. die schönen Dinge auf der Welt kennen lernen. Mitzubringen sind Interesse an exklusiven Reise, Spitzenküche und positive Lebenseinstellung.

16. 2 Herren suchen die Moralisches Angebot: Welche nette Dame möchte mit einem Unternehmer Bekanntschaft einer schlanken Dame ohne Tabus, für gelegentliche erotische Treffen.

17. Junger Mann, 39 Jahre, ledig, gesund sucht nette Frau von 40 – 75 Jahre für zärtliche, gefühlvolle Stunden zu zweit auch beh. oder Ausl., Aussehen egal.

18. Er, 37 Jahre sucht eine zärtliche, mollige, reife Frau oder Ehefrau von 40 bis 70 Jahre und von 70 bis 100 Kilo für zärtliche Stunden.

19. Ist das der richtige Weg um die zu finden oder muss ich Dich erst backen?

20. Getrennt wohnen und trotzdem für einander da sein. Bin 49, XL-Typ suche einsame, solide Frau, Alter ca. +/- 5m. Interesse für Garten, Haustiere und Autotouren.

21. Muss ich mich, 25 Jahre, schlank eigentlich Anpreisen? Suche gutaussehenden Mann, mit schwarzem Humor, der die Stadt bei Nacht kennt und der seine kindliche Seite noch ausleben kann. Eigentlich suche ich mich in männlicher Form nochmal.

22. 60-jähriges Ehepaar sucht toleranten ihn, nur für sie.

23. Putze nackt Deine Wohnung, mache Abwasch u.v.m.

24. Blödmann sucht Dumme für einen Neuanfang. Werde keinen Schönheitswettbewerb mehr gewinnen, starker Charakter mit kleinen Fehlern.

25. Er sucht sie mit Interesse an Lack und Leder für gelegentliche SM-Treffen. Alter und Familienstand egal.

26. Du magst es spontan, verrückt und etwas chaotisch zu sein? Du hasst es oberflächlich, unromantisch und ziellos zu sein? Wo warst Du so lange?

27. Bin ein gepflegter Mann von 32 Jahren und suche eine mollige Frau, auch Ehefrau von 70 bis 95 kg und im Alter von 25 bis 65 Jahren.

28. Er sucht sie mit echten roten Haaren oder ganz blonde Kuschelmaus zu Kuscheln und ?????

29. Hungriger sucht Hungrige. Er 45 Jahre schlank und sportlicher Typ sucht eine Partnerin für aufregende Dates.

30. DOM-Paar, diskret, attraktiv, gepflegt sucht Dienstmädchen. Bei Eignung 24/7 möglich.

31. Bin ein zärtlicher Mann von 33 Jahre und suche eine Dauerfreundschaft zu einer zärtlichen, reifen, molligen Frau im Alter von 40 bis 65 Jahren für zärtliche Stunden, FKK und Clubbesuche.

32. Einsamer Wolf, 80 Jahre sucht vernachlässigte Ehefrau mit großer Oberweite auch mollig.

33. Welche Frau möchte mich auf dem Rasentraktor verführen? Bin ein lediger, süßer Typ. Gemeinsam Rasenmähen und mehr?

34. Einsamer Mann zurzeit auf Staatskosten in Urlaub, schwarze Haare, blaue Augen sucht für einsame Stunden zu zweit die Frau fürs Leben.

35. Bin ein lieber junger Mann von 34 Jahren und suche eine liebe zärtliche Frau bis 65 Jahre, die gern Reizwäsche anzieht für Freizeitgestaltung und schön essen gehen. , sportlicher Typ

36. Sympathische Sie, schlanker sportlicher Typ sucht männlichen Therapeuten zur Heilung meiner Seele mit Probesitzungen, eventuell auch eine Langzeittherapie.

37. Einladung zur Probefahrt! Sie „halbes Jahrhundert altes Oldtimermodell", kleine Lackschäden, aber immer noch garantierter Fahrspaß, TÜV geprüft und noch gut im Berufsverkehr dabei, in liebe- und humorvolle Bastlerhände abzugeben.

38. Er, 53, Jahre, 105 kg, gebunden, Invalidenrentner, zuckerkrank. Habe jeden Tag nur Zank und Streit suche daher einfache Frau bis 56 Jahre.

39. Wo ist die unattraktive, übergewichtige und arbeitslose Legasthenikerin, die ich in jedem Fall nicht suche? Bin 37 Jahre mit attraktiver Außenfassade und vermisse die erfüllende und harmonische Zweisamkeit.

40. Meine Arbeit als Gärtner macht mir sehr großen Spaß, suche was für danach. Bin ein zärtlicher Mann von 36 Jahren, bin ledig, suche dich- eine liebe zärtliche Frau, die gern Reizwäsche, Hacken- oder Stöckelschuhe trägt.

41. Sexuell unerfahrener Mann, 45 Jahre möchte endlich gern mehr über die schönste Sache der Welt erfahren, welche schlanke, attraktive und diskrete Frau gibt mir kostenlosen Unterricht.

42. Gesucht sind zwei Mädels für Party zu DRITT. Alles geboten vom Kulinarischem bis Ambiente. Es ist nicht die Not, sondern die Sache mit schmutzigem Niveau. Er, jung, extrovertiert und nicht „normal".

43. Das Normale ist Dir einerseits zu wenig, andererseits zu viel! Du liebst und lebst den chaotischen bis eleganten Moment des Lebens! Er, sucht geistreiche Sie, welche ihr Leben behalten möchte, aber auch lebt.

44. Er, 46 Jahre sucht dominante Sie für fesselnde erotische Spiele zu zweit, was hast du vor mit mir?

45. Küsschen am Morgen, ich bin das Brötchen. Du bist die Butter, ich bin der Pommes, du der Fritz. Bin 38 und 1,82m schlank, sportlich. Suche Dich.

46. Bezahle für Treffen. Suche nette, schlanke oder dünne Frau über 18 für diskrete Treffen. Behinderung oder Zahnspange ok. Aussehen egal.

47. Junger Unternehmer mit Tagesfreizeit, verwöhnt am Tag Hausfrauen, Ehefrauen und Geschäftsfrauen nach ihren Wünschen

48. Mann, 52 Jahre, 1,7sm und 75 g sucht eine ehrliche und treue Frau. Möchte wieder dich an meiner Seite haben.

49. Ingo, stinknormaler 08/15-Typ, mit schlechten Eigenschaften und Geschmack, sucht Frau zum Anschieben ihres Autos. Worauf wartest Du?

50. Hengst, 43 Jahre, ledig ohne Anhang, EU-Rentner, ausdauernd sucht Stute mit großer Oberweite von 50-65 Jahre für die schönste Sache der Welt und zum verreisen, ortsgebunden und Selbstverhüter.

51. Wer steht auf dominanten Glatzenträger? Suche Abenteuer oder erotische Beziehung.

52. Er, 36 Jahre mit Herz und Verstand, Tageslichttauglich. Suche reife, großzügige Dame zwischen 40 und 70 Jahre, Figur egal. Ich komme diskret zu ihnen nach Hause und verwöhne sie mit Massagen, Streicheleinheiten, franz. Und GV.

53. Welche vitale Sie zwischen 60 bis 75 Jahre hat Interesse an lockerer sexueller Beziehung aus Freude an Lust. Bin 36 Jahre alt.

54. Bin 41 Jahre alt, nett und spontan. Suche Frau mit Hang zu Latex und PVC für zwanglose Treffen.

55. Jeanstyp, gut aussehend, rasierte Glatze und kein Softi sucht nette erotische Frau.

56. Suche Mann zur „Betreuung" meiner Freundin, 51, XL, mit mir und ohne mich.

Ein Schlusswort

Wenn Sie einen lieben Partner haben, halten Sie ihn fest.
Denn noch immer gilt:

Besser den Spatz in der Hand,

als die Taube auf dem Dach.

Quellen:

Heidrun Mußer
Ines Hahn

Marion Romana Glettner

Pfundsweib

durch mich bekommen Sie Ihr Fett weg

Marion Romana Glettner

Pfundsweib - durch mich
bekommen Sie Ihr Fett weg

Ich habe meinen Weg gefunden und jeder
kann es schaffen!
Der erste und wichtigste Schritt ist, man muss es
ehrlich wollen, dann klappt es auch.
Wer sich für eine Diät entscheidet, muss für immer
dabei bleiben.
Ansonsten folgt unweigerlich früher oder später
der Jo-Jo-Effekt und
es wird wieder zugenommen.
Das muss aber nicht sein.
Hier finden Sie eine Vorstellung von Diäten,
Begleiterkrankungen, Erfahrungsberichte, Tipps und
meinen Weg, wie ich es geschafft habe, in einem Jahr
27 Kilo abzunehmen.

978-3-842-263
Paperback

12,50 €
123 Seiten

Marion Romana Glettner

Freunde für immer -
Einmal Bolivien und zurück

In diesem Buch erzähle ich die Geschichte der Austauschschülerin Karem Lòpez-Videla aus Bolivien, die ein Jahr (1998-1999) in meiner Familie gelebt hat sowie meine Abenteuerreise nach Südamerika. In dieser Veröffentlichung werden auf humorige Weise Schüleraustausch, Integration und Völkerverständigung thematisiert, sowie meine guten Erfahrungen mit der Austauschschülerin vorgestellt.

978-3-844-0743-1   12,50 €
Paperback   111 Seiten

Schlußwort:

Wenn sie einen Partner haben, halten sie ihn fest.
Was sie bekommen, wissen sie nicht.